大江东去，浪淘尽，千古风流人物

丛书主编：顾振彪

丛书编委：（排名不分先后）
　　　　　张　瑾　李　爽　孟　青　许俊芬
　　　　　窦　旭　杨佳琳　秦　雨　杨照霞
　　　　　宋俊颖　王　薇　舒　琦　高俊梅
　　　　　吴莹莹　孔　磊　赵晓嫒　张雅青

互联网+创新版

三国演义（导学版）

[明] 罗贯中 著
韶 华 编
刘正林 绘

全国百佳图书出版单位
吉林出版集团股份有限公司

图书在版编目（CIP）数据

三国演义：导学版 / (明) 罗贯中著；韶华编.
长春：吉林出版集团股份有限公司，2024. 12. -- (互联网+创新版 / 顾振彪主编). -- ISBN 978-7-5731-6061-4

Ⅰ. I242.4

中国国家版本馆CIP数据核字第2024B6W000号

三国演义　导学版
SANGUO YANYI　DAOXUE BAN

著　　者：［明］罗贯中
编　　者：韶　华
绘　　者：刘正林
主　　编：顾振彪
责任编辑：沈丽娟
封面设计：小韩工作室
开　　本：710mm×1000mm　1/16
字　　数：180千字
印　　张：12.5
版　　次：2024 年 12 月第 1 版
印　　次：2024 年 12 月第 1 次印刷

出　　版：吉林出版集团股份有限公司
发　　行：吉林出版集团外语教育有限公司
地　　址：长春市福祉大路5788号龙腾国际大厦B座7层
电　　话：总编办：0431-81629929
　　　　　发行部：0431-81629930　0431-81629921(Fax)
网　　址：www.360hours.com
印　　刷：天津泰宇印务有限公司

ISBN ISBN 978-7-5731-6061-4　　　定价：29.60元
版权所有　侵权必究　　　　　　　举报电话：0431-81629929

1 导读

1. 作品概述

《三国演义》是我国第一部长篇历史小说,至今仍为中国小说的经典之作。小说描写了从东汉末年到西晋初年之间近百年的历史风云,以描写战争为主,诉说了东汉末年的群雄割据混战和魏、蜀、吴三国之间的政治和军事斗争,最终司马炎一统三国,建立晋朝的故事。它反映了三国时代各类社会斗争与矛盾的转化,并概括了这一时代的历史巨变,塑造了一个个叱咤风云的三国英雄人物。

2. 作者简介

罗贯中,名本,号湖海散人。他是中国元末明初著名的小说家、戏曲家,被称为中国章回小说的鼻祖。他生活于元末明初,经历了当时的社会大动荡,目睹了人民遭受的苦难。胸怀经纶乱世之志的他曾参与农民起义。他为人孤傲,不善于与他人交往。笔耕不辍的他创作了很多作品,但多已亡佚,现在已经不得而知。目前所知的作品有:《赵太祖龙虎风云会》《忠正孝子连环谏》《三平章死哭蜚虎子》等剧本;

《隋唐两朝志传》《残唐五代史演义》《三遂平妖传》《三国演义》等小说。

3.文学特色

《三国演义》作为历史演义小说，首先是历史与虚构的结合，罗贯中在尊重历史事实的基础上，融入大量的虚构和想象，使得作品既有历史的真实性，又不乏文学的虚构性；其次文中人物形象的塑造十分鲜明，小说中的人物如曹操、刘备、孙权、诸葛亮等形象极具艺术魅力；还有它精湛的叙事技巧和丰富的语言艺术，都具有很高的文学价值。作品通过对三国时期政治、军事、外交等方面的描写，反映了作者对于忠诚、智慧、勇敢等品质的推崇，以及对于权谋、奸诈、背叛等现象的批判。许多英雄人物的悲壮命运，充满悲剧色彩，增强了作品的艺术感染力。

4.本书特色

本书定位面向小学读者，在内容呈现和知识讲解上充分考虑了这一群体的特点和需求，精心编排内容板块，精选出原著最出彩的章节片段，在保留名著原汁原味风格的同时，汲取其中精华，让读者能领略到原著的魅力。

2 阅读规划

《三国演义》的内容并不是很难，在阅读以前应该做好时间规划，这样有利于更好地分配阅读时间，提高阅读效率。这本《三国演义》（导学版）是原著的精华本，共二十回。在阅读的过程中，你可以参照阅读规划表，采取多元化的阅读策略，分四阶段深入阅读，借助批注、注释等，边思考边实践，也可以在感受深的地方进行批注。

《三国演义》（导学版）阅读规划表

阅读进程	阅读内容	任务挑战	阅读时间
第一阶段 风云初起 英雄现	第一回到第四回	聚焦主要人物，感受性格特点，学习优秀品质，汲取成长力量。	
第二阶段 烽火连天 英名显	第五回到第九回	梳理重要事件，理解其中的因果关系和逻辑。例如赤壁之战、三顾茅庐等著名情节，可以思考这些情节是如何展现人物性格和推动故事发展的。	
第三阶段 硝烟弥漫 智计显	第十回到 第十三回	了解战争的前因后果和谋略的使用，充分体会人物的智慧和才能的重要性。	
第四阶段 风云变幻 命运舛	第十四回到 第二十回	关注忠义主题的专题阅读，体会人物抉择背后的价值观。	

3 阅读策略

（一）梳理历史脉络，明确人物身份，洞察乱世风云

1. 梳理历史脉络：整理全书所涵盖的历史时期的发展线索，明确从东汉末年的动荡到三国鼎立，再到西晋统一的大致历程，把握历史的走向和重大事件的先后顺序。

2. 明确人物身份：识别书中众多人物在不同历史阶段的身份、地位和政治立场，例如曹操从校尉到丞相再到魏王的身份转变，刘备从卖草鞋的平民到蜀汉之主的历程等，以便理解他们在历史进程中的作用。

3. 洞察乱世风云：关注那个动荡年代的政治斗争、军事冲突和社会变迁，从而体会各方势力的兴衰沉浮和历史发展的必然性。

（二）梳理主要信息，制作人物档案，领略英雄风采

1. 精读文本内容：着重阅读关于主要人物的回目，认真梳理文本中的主要信息，涵盖环境描写、人物描写等方面，分析他们的性格特点、智谋策略和道德品质，思考他们在历史舞台上的影响力。

2. 分析人物形象：结合梳理出的主要信息，对人物进行深入分析。从人物的言语和行动中剖析其性格特点，从其应对各种情况的方式中解读其智谋策略，从其为人处世的态度中体会其道德品质。

3. 制作人物档案：选择一位心仪的三国人物，为其制作一份人物档案，档案内容包括姓名、字号、籍贯等基本信息和性格特点、主要事迹、人物评价、历史影响等。要确保内容的准确性和条理性，充分利用梳理出的信息来丰富档案内容。

4. 交流与反思：与同学或朋友分享自己制作的人物档案，通过交流和讨论，进一步完善对人物的理解，深化对三国历史的认识。同时，也可以从他人梳理的主要信息中汲取新的见解，拓展对三国人物的认知维度。

（三）聚焦关键战役，对比胜负原因，感受谋略智慧

1. 标记关键战役：在阅读过程中，标记出如官渡之战、赤壁之战、彝陵之战等关键战役，详细记录战役的起因、经过和结果，以及各方

将领在战役中的谋略运用。

2. 分析人物对话：关注人物之间的重要对话，尤其是在战争策略谋划、政治谈判等场景中的言辞，分析其中所体现的人物智慧和策略。

3. 对比胜负原因：比较同一或不同人物在相似情境下的谋略选择，如曹操在官渡之战和赤壁之战中的决策差异，诸葛亮和周瑜在赤壁之战中的智谋较量。

4. 谋略总结：总结书中人物的谋略特点，撰写《名战荟萃表》，通过小组讨论等方式，交流对人物谋略的理解和感悟。

（四）聚焦经典情节，巧用情节图，把握故事内容

1. 精选经典情节：挑选出如草船借箭、火烧赤壁等经典情节并仔细研读。

2. 巧用情节图：通过绘制情节图的方式，按照"起因、经过、结果"的发展顺序，梳理这些经典情节的发展脉络，学习把握长文章的主要内容。

3. 深入理解故事：结合相关事件和描写，深入分析人物的性格特点和魅力所在。探讨这些情节对人物形象的塑造作用，了解不同情节如何展现人物的多面性。

4. 创造性复述：在把握主要内容的基础上，创造性地复述故事。可以加入生动的描述，让故事更加鲜活。同时，思考如何通过复述展现人物的魅力。

5. 反思与归纳：思考情节图的运用如何影响自己对人物的理解，归纳人物的核心魅力。总结前四个环节中的收获，包括对故事的深入理解、语言表达能力的提升等。

（五）关注忠义主题的专题阅读，体会人物抉择背后的价值观

1. 标记忠义情节：在阅读时，标记出体现忠义精神的关键情节，如关云长千里走单骑、赵子龙长坂坡救主等，记录下人物的具体表现和抉择。

2. 对比忠义表现：比较不同人物在忠义方面的具体行为和表达方式，分析其背后的动机和原因。

3. 撰写主题感悟：结合所标记的情节和对比分析，撰写关于忠义主题的感悟和体会，思考忠义在三国乱世中的价值和意义。

4. 分享与讨论：与他人分享自己的感悟，通过讨论交流，进一步拓展对忠义主题的理解和思考。

目录 CONTENTS

第一阶段：风云初起英雄现

第 一 回　宴桃园豪杰三结义 ……………………………… 3

第 二 回　谋董贼孟德献宝刀 ……………………………… 9

第 三 回　虎牢关三英战吕布 ……………………………… 17

第 四 回　曹孟德煮酒论英雄 ……………………………… 26

第二阶段：烽火连天英名显

第 五 回　关云长千里走单骑 ……………………………… 36

第 六 回　以弱胜强官渡之战 ……………………………… 46

第 七 回　三顾茅庐隆中对 ………………………………… 58

第 八 回　赵子龙长坂坡救主 ……………………………… 71

第 九 回　诸葛亮巧舌战群儒 ……………………………… 81

第三阶段：硝烟弥漫智计显

第 十 回　群英会蒋干中计 ………………………………… 94

第十一回　诸葛亮草船借箭 ……………………………… 101

第十二回　赤壁之战计中计…………………108

第十三回　三江口周瑜纵火…………………120

第四阶段：风云变幻命运舛

第十四回　关云长刮骨疗毒…………………132

第十五回　失荆州败走麦城…………………136

第十六回　天下奸雄终陨落…………………149

第十七回　火烧连营七百里…………………153

第十八回　刘玄德白帝城托孤………………165

第十九回　汉丞相星陨五丈原………………173

第二十回　后主刘禅乐不思蜀………………181

第一阶段：风云初起英雄现

阅读篇目　第一回至第四回
阅读策略　梳理主要信息，制作人物档案，领略英雄风采

他，出身汉室宗亲，却以贩屦织席为生，心怀壮志，欲兴复汉室。他，桃园之中与关羽、张飞义结金兰，誓言共扶天下。他，在乱世中四处奔波，寻求立足之地，却始终不忘初心。让我们一同走进这些故事情节，细细感受这位主人公的壮志豪情。

请你选择一位心仪的三国人物，认真梳理回目中的相关信息，为其制作一份人物档案，档案内容包括姓名、字号、籍贯等基本信息和性格特点、主要事迹、人物评价、历史影响等。

人物档案卡（以刘备为例）			
姓　名	刘备	字　号	玄德
籍　贯	涿郡涿县	出　身	中山靖王刘胜之后，汉景帝阁下玄孙
家庭背景	祖刘雄，父刘弘。刘弘曾举孝廉，亦尝作吏，早丧。玄德幼孤，事母至孝。		
教育经历	曾师事郑玄、卢植，与公孙瓒等为友。		
职业经历	家贫，以贩屦织席为业。		
志　向	破贼安民，上报国家，下安黎庶。		

外　貌	身长七尺五寸，两耳垂肩，双手过膝，目能自顾其耳，面如冠玉，唇若涂脂。
性格特点	性宽和，寡言语，喜怒不形于色；素有大志，专好结交天下豪杰。
重大事件	1.二十八岁时，见榜文而长叹，与张飞结识，后又遇关羽，三人于桃园结义。 2.得中山大商资助，与关、张打造兵器，聚集乡勇。 3.率五百军破黄巾贼将程远志所统五万兵，大胜而归。 4.前往青州救援，以奇计破敌，解青州之围。
人物评价	胸怀大志，忧国忧民。

第一回　宴桃园豪杰三结义

导读

　　桃园结义的故事是《三国演义》的开篇，也早已在民间广为传颂。桃园结义重在宣扬刘备、关羽、张飞三人之间的"义"。这种"义"是建立在三人共同的理想和追求之上的，正如誓言所说："同心协力，救困扶危，上报国家，下安黎庶。""义"的思想在《三国演义》中举足轻重，为纷乱的社会树立了一个行事的标杆。这也是为什么要把桃园结义放在本书第一回的原因。读懂了这一回，也就了解了小说的思想倾向，也为理解小说中的人物和故事做了铺垫。

　　话说天下大势，分久必合，合久必分。周末七国分争，并入于秦。及秦灭之后，楚、汉分争，又并入于汉。汉朝自高祖斩白蛇而起义，一统天下，后来光武中兴，传至献帝，遂分为三国。

> 这是中国古人对朝代更迭、历史演变的一种认识，人们称之为历史观。

　　时巨鹿郡有兄弟三人，一名张角，一名张宝，一名张梁。且说张角一军，前犯幽州界分。幽州太守刘焉，乃江夏竟陵人氏，汉鲁恭王之后也。当时闻得贼兵[①]将至，召校

[①] 指黄巾军。东汉末年，朝廷腐败，农民为了生存，揭竿而起，因起义军头戴黄巾，史称"黄巾起义"。小说站在朝廷角度，称其为"贼"。

尉邹靖计议。靖曰："贼兵众，我兵寡，明公宜作速招军应敌。"刘焉然其说①，随即出榜招募义兵。

榜文行到涿县，引出涿县中一个英雄。那人不甚好读书；性宽和，寡言语，喜怒不形于色；素有大志，专好结交天下豪杰；生得身长七尺五寸，两耳垂肩，双手过膝，目能自顾其耳，面如冠玉，唇若涂脂；中山靖王刘胜之后，汉景帝阁下玄孙，姓刘名备，字玄德。②昔刘胜之子刘贞，汉武时封涿鹿亭侯，后坐酎金失侯③，因此遗这一枝在涿县。玄德祖刘雄，父刘弘。弘曾举孝廉④，亦尝作吏，早丧。玄德幼孤，事母至孝；家贫，贩履⑤织席为业。家住本县楼桑村。其家之东南，有一大桑树，高五丈余，遥望之，童童如车盖。相者云："此家必出贵人。"玄德幼时，与乡中小儿戏于树下，曰："我为天子，当乘此车盖。"叔父刘元起奇其言，曰："此儿非常人也！"因见玄德家贫，常资给之。年十五岁，母使游学，尝师事郑玄、卢植，与公孙瓒等为友。及刘焉发榜招军时，玄德年

> 外貌描写："耳垂肩""手过膝"，外表的与众不同是为了写出刘备其人的不同凡响。也暗示由刘备建立起来的蜀汉政权是正统。

> 刘备小传，包括刘备的出身、性格、外貌、学习、从业的情况，以及儿时游戏中的惊人之语。

---

① 然其说：以他的意见为是，赞同他的意见。

② 古人出生后就起名。名字是供长辈、上级称呼的，也可以用来自称。成人后则有字，字的选取和名是有联系的，还可以有号；用字、号称呼别人，而不直呼其名，表示尊重。

③ 坐酎（zhòu）金失侯：坐，这里作犯法解。按当时法制，皇帝祭祀宗庙时诸侯要献金助祭，叫作酎金。坐酎金失侯，是说犯了没有按照规定缴纳酎金的罪，被削去侯爵。

④ 举孝廉：汉代选拔士人做官的一种制度：地方官向朝廷推荐孝顺父母而清廉的人，叫作举孝廉。被推荐的人得到这种做官的资格，也叫举孝廉。

⑤ 履（jù）：麻鞋。

已二十八岁矣。

当日见了榜文,慨然长叹。随后一人厉声言曰:"大丈夫不与国家出力,何故长叹?"玄德回视其人,身长八尺,豹头环眼,燕颔虎须,声若巨雷,势如奔马。玄德见他形貌异常,问其姓名。其人曰:"某姓张名飞,字翼德。世居涿郡,颇有庄田,卖酒屠猪,专好结交天下豪杰。恰才见公看榜而叹,故此相问。"玄德曰:"我本汉室宗亲,姓刘,名备。今闻黄巾倡乱,有志欲破贼安民,恨力不能,故长叹耳。"飞曰:"吾颇有资财,当招募乡勇,与公同举大事,如何?"玄德甚喜,遂与同入村店中饮酒。

正饮间,见一大汉,推着一辆车子,到店门首歇了,入店坐下,便唤酒保:"快斟酒来吃,我待赶入城去投军。"玄德看其人:身长九尺,髯长二尺;面如重枣,唇若涂脂;丹凤眼,卧蚕眉,相貌堂堂,威风凛凛。玄德就邀他同坐,叩其姓名。其人曰:"吾姓关名羽,字长生,后改云长,河东解良人也。因本处势豪倚势凌人,被吾杀了,逃难江湖,五六年矣。今闻此处招军破贼,特来应募。"玄德遂以己志告之,云长大喜。同到张飞庄上,共议大事。飞曰:"吾庄后有一桃园,花开正盛;明日当于园中祭告天地,我三人结为兄弟,协力同心,然后可图大事。"玄德、云长齐声应曰:"如此甚好。"

次日,于桃园中,备下乌牛白马祭礼等项,三人焚香再拜而说誓曰:"念刘备、关羽、张飞,虽然异姓,既结

写出张飞粗豪的威势。

语言描写:解释刘备长叹的原因,也表明他为国效力的决心。

在戏剧舞台上,红色脸是忠义、耿直、有血性的象征。关羽深红的脸色和他忠义的品行相为表里。关公被称为"美髯公",胡须十分漂亮,曹操为了笼络关羽,曾"以纱锦作囊,与关公护髯"。外貌表现出了性格特征。

三国演义

在桃园中，刘关张三人结拜为异姓兄弟，同甘苦，共患难，情同手足。关羽的千里走单骑，刘备为报关羽被杀之仇而发动的彝陵之战，都彰显了他们的情义。

为兄弟，则同心协力，救困扶危；上报国家，下安黎庶①。不求同年同月同日生，只愿同年同月同日死。皇天后土，实鉴此心，背义忘恩，天人共戮！"誓毕，拜玄德为兄，关羽次之，张飞为弟。祭罢天地，复宰牛设酒，聚乡中勇士，得三百余人，就桃园中痛饮一醉。来日收拾军器，但恨无马匹可乘。正思虑间，人报有两个客人，引一伙伴当，赶一群马，投庄上来。玄德曰："此天佑我也！"三人出庄迎接。原来二客乃中山大商：一名张世平，一名苏双，每年往北贩马，近因寇发而回。玄德请二人到庄，置酒管待，诉说欲讨贼安民之意。二客大喜，愿将良马五十

①黎庶：老百姓。

匹相送；又赠金银五百两，镔铁一千斤，以资器用。玄德谢别二客，便命良匠打造双股剑。云长造青龙偃月刀，又名"冷艳锯"，重八十二斤。张飞造丈八点钢矛。各置全身铠甲。共聚乡勇五百余人，来见邹靖。邹靖引见太守刘焉。三人参见毕，各通姓名。玄德说起宗派，刘焉大喜，遂认玄德为侄。

不数日，人报黄巾贼将程远志统兵五万来犯涿郡。刘焉令邹靖引玄德等三人，统兵五百，前去破敌。玄德等欣然领军前进，直至大兴山下，与贼相见。贼众皆披发，以黄巾抹额[①]。当下两军相对，玄德出马，左有云长，右有翼德，扬鞭大骂："反国逆贼，何不早降！"程远志大怒，遣副将邓茂出战。张飞挺丈八蛇矛直出，手起处，刺中邓茂心窝，翻身落马。程远志见折了邓茂，拍马舞刀，直取张飞。云长舞动大刀，纵马飞迎。程远志见了，早吃一惊，措手不及，被云长刀起处，挥为两段。后人有诗赞二人曰：

"英雄露颖在今朝，一试矛兮一试刀。

初出便将威力展，三分好把姓名标。"

众贼见程远志被斩，皆倒戈而走。玄德挥军追赶，投降者不计其数，大胜而回。刘焉亲自迎接，赏劳军士。次日，接得青州太守龚景牒文，言黄巾贼围城将陷，乞赐救援。刘焉与玄德商议。玄德曰："备愿往救之。"刘焉令

> 兵器一经使用，便与人紧密相连，往往成为这个人的象征。

[①] 以黄巾抹额：用黄色巾帕裹扎额部。

三国演义

先写关羽、张飞斩将，再写刘备运筹，三兄弟初试锋芒。

邹靖将兵五千，同玄德、关、张，投青州来。贼众见救军至，分兵混战。玄德兵寡不胜，退三十里下寨。

玄德谓关、张曰："贼众我寡；必出奇兵，方可取胜。"乃分关公引一千军伏山左，张飞引一千军伏山右，鸣金为号，齐出接应。次日，玄德与邹靖引军鼓噪而进。贼众迎战，玄德引军便退。贼众乘势追赶，方过山岭，玄德军中一齐鸣金，左右两军齐出，玄德麾军回身复杀。三路夹攻，贼众大溃。直赶至青州城下，太守龚景亦率民兵出城助战。贼势大败，剿戮极多，遂解青州之围。后人有诗赞玄德曰：

"运筹决算有神功，二虎还须逊一龙。

初出便能垂伟绩，自应分鼎在孤穷。"

章回小结

故事开篇以宏观的视角简述天下分合的历史，为故事的展开营造了宏大的历史背景。全文情节紧凑，从刘焉招募义兵，到刘备结识关张，再到桃园结义、打造兵器、初次破敌，环环相扣，引人入胜。在人物塑造上，对刘备的描写细致入微，通过外貌描写展现其非凡的气质；通过其经历和言行表现其胸怀大志、忧国忧民。张飞和关羽的形象则通过简洁而生动的外貌描写瞬间跃然纸上，给人留下深刻印象。在战斗描写上简洁而精彩，生动地展现了战斗的激烈和关羽、张飞的勇猛。此外，文中引用了多首诗词来赞美人物和战斗，增添了文学色彩和艺术感染力。总的来说，这回的文字通过丰富的人物描写、精彩的情节和多样的写作手法，为读者展现了一个精彩的三国开篇。

第二回　谋董贼孟德献宝刀

导读

汉灵帝驾崩。何太后之兄大将军何进，想借外部力量剿灭作恶多端的宦官，西凉刺史董卓被召到京师。董卓的军队来到京城，横行街市。他自己随意出入宫廷，并无端提出废立之事。对此，袁绍和丁原坚决反对。董卓把袁绍外放为渤海太守，怂恿丁原的义子吕布杀死其义父。忠义之士要么逃离，要么反抗。当时的曹操就是反抗者中的一员。任何一个时代，都不缺少敢于面对残暴的人。伍孚、王允、曹操等人面对董卓的专横跋扈，以自己的方式直面残暴，为了维护正义和公道，哪怕身死，也在所不惜。从他们身上，我们看到了不屈的力量和反抗暴虐的精神。

董卓欲杀袁绍，李儒止之。绍手提宝剑，辞别百官而出，悬节东门①，奔冀州而去。

卓所立陈留王协，表字伯和，灵帝中子，即献帝也；时年九岁。改元初平。董卓为相国，赞拜不名，入朝不趋，剑履上殿②，威

---

① 悬节东门：把节（高级官员行使职权的凭证）挂在东门上，表示弃官不做了。
② 赞拜不名，入朝不趋，剑履上殿：古代臣僚朝见皇帝，跪拜赞礼时要称名，入朝要碎步快走，佩剑和鞋子要取下来放在殿外，都是表示恭敬的"礼法"。不名、不趋和准带剑履，是对大臣（如相国）的特殊优待。

福莫比。

却说少帝与何太后、唐妃困于永安宫中，衣服饮食，渐渐少缺；少帝泪不曾干。一日，偶见双燕飞于庭中，遂吟诗一首。诗曰：

"嫩草绿凝烟，袅袅双飞燕。

洛水一条青，陌上人称美。

远望碧云深，是吾旧宫殿。

何人仗忠义，泄我心中怨！"

董卓时常使人探听。是日获得此诗，来呈董卓。卓曰："怨望作诗，杀之有名矣。"遂命李儒带武士十人，入宫弑帝。太后大骂："董贼逼我母子，皇天不佑！汝等助恶，必当灭族！"儒大怒，双手扯住太后，直撺下楼；叱武士绞死唐妃；以鸩酒灌杀少帝。还报董卓，卓命葬于城外。

一日，卓入朝，孚迎至阁下，拔刀直刺卓。卓气力大，两手抠住；吕布便入，揪倒伍孚。卓问曰："谁教汝反？"孚瞪目大喝曰："汝非吾君，吾非汝臣，何反之有？汝罪恶盈天，人人愿得而诛之！吾恨不车裂汝以谢天下！"卓大怒，命牵出剖剐之。孚至死骂不绝口。后人有诗赞之曰：

"汉末忠臣说伍孚，冲天豪气世间无。

朝堂杀贼名犹在，万古堪称大丈夫！"

董卓自此出入常带甲士护卫。

时袁绍在渤海，闻知董卓弄权，乃差人赍密书来见王

> 伍孚刺杀董卓，可与后文曹操的刺杀相比照。曹操奋而顾身，伍孚奋不顾身，高下立判。他的反驳巧妙有力，一个舍生取义的勇者形象屹立在读者面前。

允。书略曰：

"卓贼欺天废主，人不忍言；而公恣其跋扈，如不听闻，岂报国效忠之臣哉？绍今集兵练卒，欲扫清王室，未敢轻动。公若有心，当乘间图之。如有驱使，即当奉命。"

王允得书，寻思无计。

一日，于侍班阁子内见旧臣俱在，允曰："今日老夫贱降①，晚间敢屈众位到舍小酌。"众官皆曰："必来祝寿。"当晚王允设宴后堂，公卿皆至。酒行数巡，王允忽然掩面大哭。众官惊问曰："司徒贵诞，何故发悲？"允曰："今日并非贱降，因欲与众位一叙，恐董卓见疑，故托言耳。董卓欺主弄权，社稷旦夕难保。想高皇诛秦灭楚，奄有天下；谁想传至今日，乃丧于董卓之手：此吾所以哭也。"于是众官皆哭。坐中一人抚掌大笑曰："满朝公卿，夜哭到明，明哭到夜，还能哭死董卓否？"允视之，乃骁骑校尉曹操也。允怒曰："汝祖宗亦食禄汉朝，今不思报国而反笑耶？"操曰："吾非笑别事，笑众位无一计杀董卓耳。操虽不才，愿即断董卓头，悬之都门，以谢天下。"允避席②问曰："孟德有何高见？"操曰："近日操屈身以事卓者，实欲乘间图之耳。今卓颇信

> 曹操出场。众人皆哭我独笑，与众不同，胸中必有成竹，以此引出下文。

---

① 贱降：对自己生日的谦称。
② 避席：古代人室内起居，就在地上设席而坐。和尊长谈话时，要离席而立，表示恭敬。这里写"避席问曰"，则是因为曹操说了关系重大的话，而对他表示郑重、敬谨的意思。

《三国演义》

> 袁绍写密信，曹操献宝刀，同样是表达愤怒，曹操更加豪壮。这一段写得慷慨动色，仿佛易水送别将要刺杀秦王的荆轲。

操，操因得时近卓。闻司徒有七宝刀一口，愿借与操入相府刺杀之，虽死不恨！"允曰："孟德果有是心，天下幸甚！"遂亲自酌酒奉操。操沥酒设誓，允随取宝刀与之。操藏刀，饮酒毕，即起身辞别众官而去。众官又坐了一回，亦俱散讫。

次日，曹操佩着宝刀，来至相府，问："丞相何在？"从人云："在小阁中。"操径入。见董卓坐于床上，吕布侍立于侧。卓曰："孟德来何迟？"操曰："马羸行迟耳。"卓顾谓布曰："吾有西凉进来好马，奉先可亲去拣一骑赐与孟德。"布领令而出。操暗忖曰："此贼合死！"即欲拔刀刺之，惧卓力大，未敢轻动。卓胖大不耐久坐，遂倒身而卧，转面向内。操又思曰："此贼当休矣！"急掣宝刀在手，恰待要刺，不想董卓仰面看衣镜中，照见曹操在背后拔刀，急回身问曰："孟德何为？"时吕布已牵马至阁外。操惶遽，乃持刀跪下曰："操有宝刀一口，献上恩相。"卓接视之，见其刀长尺余，七宝嵌饰，极其锋利，果宝刀也；遂递与吕布收了。操解鞘付布。卓引操出阁看马，操谢曰："愿借试一骑。"卓就教与鞍辔。操牵马出相府，加鞭望东南而去。

> 写出曹操的随机应变。刺杀董卓未必非得要宝刀，此结果也许在曹操的预料之中，这展现出他"雄"中藏着"奸"的一面。

布对卓曰："适来曹操似有行刺之状，及被喝破，故推献刀。"卓曰："吾亦疑之。"正说话间，适李儒至，卓以其事告之。儒曰："操无妻小在京，只独居寓所。今差人往召，如彼无疑而便来，则是献刀；如推托不来，则必是行刺，便可擒而问也。"卓然其说，即差狱卒

第二回　谋董贼孟德献宝刀

四人往唤操。去了良久，回报曰："操不曾回寓，乘马飞出东门。门吏问之，操曰'丞相差我有紧急公事'，纵马而去矣。"儒曰："操贼心虚逃窜，行刺无疑矣。"卓大怒曰："我如此重用，反欲害我！"儒曰："此必有同谋者，待拿住曹操便可知矣。"卓遂令遍行文书，画影图形，捉拿曹操：擒献者，赏千金，封万户侯；窝藏者同罪。

且说曹操逃出城外，飞奔谯郡。路经中牟县，为守关军士所获，擒见县令。操言："我是客商，复姓皇甫。"县令熟视曹操，沈吟半晌，乃曰："吾前在洛阳求官时，曾认得汝是曹操，如何隐讳！且把来监下，明日解去京师

曹操的出逃借狱卒之口补叙出来，节省了笔墨。

13

三国演义

请赏。"把关军士赐以酒食而去。至夜分，县令唤亲随人暗地取出曹操，直至后院中审究；问曰："我闻丞相待汝不薄，何故自取其祸？"

操曰："燕雀安知鸿鹄志哉！汝既拿住我，便当解去请赏，何必多问！"县令屏退左右①，谓操曰："汝休小觑我。我非俗吏，奈未遇其主耳。"操曰："吾祖宗世食汉禄，若不思报国，与禽兽何异？吾屈身事卓者，欲乘间图之，为国除害耳。今事不成，乃天意也！"县令曰："孟德此行，将欲何往？"操曰："吾将归乡里，发矫诏，召天下诸侯兴兵共诛董卓：吾之愿也。"县令闻言，乃亲释其缚，扶之上坐，再拜曰："公真天下忠义之士也！"曹操亦拜，问县令姓名。县令曰："吾姓陈，名宫，字公台。老母妻子，皆在东郡。今感公忠义，愿弃一官，从公而逃。"操甚喜。是夜陈宫收拾盘费，与曹操更衣易服，各背剑一口，乘马投故乡来。

行了三日，至成皋地方。天色向晚，操以鞭指林深处，谓宫曰："此间有一人姓吕，名伯奢，是吾父结义弟兄；就往问家中消息，觅一宿，如何？"宫曰："最好。"二人至庄前下马，入见伯奢。奢曰："我闻朝廷遍行文书，捉汝甚急，汝父已避陈留去了。汝如何得至此？"操告以前事，曰："若非陈县令，已粉骨碎身矣。"伯奢拜陈宫曰："小侄若非使君，曹氏灭门矣。使

此时的曹操是一位忠义之人。

本是忠义之人，敬佩忠义之士。今天终于遇到值得辅佐之人，功名利禄何足道哉。这也照应了上文"奈未遇其主耳"。

①屏（bǐng）退左右：令随从人员退出。

君宽怀安坐，今晚便可下榻草舍。"说罢，即起身入内。良久乃出，谓陈宫曰："老夫家无好酒，客往西村沽一樽来相待。"言讫，匆匆上驴而去。

操与宫坐久，忽闻庄后有磨刀之声。操曰："吕伯奢非吾至亲，此去可疑，当窃听之。"二人潜步入草堂后，但闻人语曰："缚而杀之，何如？"操曰："是矣！今若不先下手，必遭擒获。"遂与宫拔剑直入，不问男女，皆杀之，一连杀死八口。搜至厨下，却见缚一猪欲杀。宫曰："孟德心多，误杀好人矣！"急出庄上马而行。

> 这一细节描写道出了曹操在逃亡中的惊惧、惶恐。

行不到二里，只见伯奢驴鞍前鞒悬酒二瓶，手携果菜而来，叫曰："贤侄与使君何故便去？"操曰："被罪之人，不敢久住。"伯奢曰："吾已分付家人宰一猪相款，贤侄、使君何憎一宿？速请转骑。"操不顾，策马便行。行不数步，忽拔剑复回，叫伯奢曰："此来者何人？"伯奢回头看时，操挥剑砍伯奢于驴下。宫大惊曰："适才误耳，今何为也？"操曰："伯奢到家，见杀死多人，安肯干休？若率众来追，必遭其祸矣。"宫曰："知而故杀，大不义也！"操曰："宁教我负天下人，休教天下人负我。"陈宫默然。

> 这是一种极端自私自利的思想，被认为是曹操的人生哲学。正是这句话让陈宫认识到奸雄曹操的本质，最终离开了曹操。

当夜，行数里，月明中敲开客店门投宿。喂饱了马，曹操先睡。陈宫寻思："我将谓曹操是好人，弃官跟他；原来是个狼心之徒！今日留之，必为后患。"便欲拔剑来杀曹操。正是：设心狠毒非良士，操卓原来一路人。

章回小结

　　故事情节紧凑且充满转折，如曹操刺杀董卓的惊险过程、与陈宫关系的转变，使故事充满张力。伍孚的奋不顾身与曹操的刺杀计划形成对比，凸显曹操的谋略。人物对话推动情节发展，如曹操与董卓、陈宫的交流揭示了其性格。董卓的残暴和特权行为展现其专横，曹操从屈身事董到刺杀失败后的应变，再到误杀吕伯奢一家后的自私，形象逐渐立体，展现其英勇、机智与多疑、自私、残忍。陈宫起初被曹操的忠义感动，后因曹操残忍而失望，体现其正直、善良和果断。这回的文字通过人物刻画、曲折情节和多样手法，生动描绘了东汉末年的混乱局势和人物的复杂性格。

第三回　虎牢关三英战吕布

导读

曹操刺杀董卓不成，逃到陈留，招募义兵，竖起"忠义"大旗，组织起了队伍。与此同时，他又向各地发矫诏，要大集义兵，剿灭灭国弑君、残害生灵的董卓群凶，以扶持王室，拯救百姓。各镇诸侯纷纷响应，推举袁绍为义师的盟主，歃血为盟。之后，以长沙太守孙坚为先锋，挑战汜水关。关羽温酒斩华雄，堪称经典。小说以华雄的勇冠三军来凸显关羽的武艺超群，以袁绍、袁术等人见识短浅、囿于成见来衬托曹操用人不拘一格、爱惜人才。三英战吕布是刘备集团的首次亮相，一出场便凸显了三人的不同寻常。

却说孙坚引四将直至关前。那四将？——第一个，右北平土垠人，姓程，名普，字德谋，使一条铁脊蛇矛；第二个，姓黄，名盖，字公覆，零陵人，使铁鞭；第三个，姓韩，名当，字义公，辽西令支人也，使一口大刀；第四个，姓祖，名茂，字大荣，吴郡富春人也，使双刀。孙坚披烂银铠，裹赤帻，横古锭刀，骑花鬃马，指关上而骂曰："助恶匹夫，何不早降！"华雄副将胡轸引兵五千出关迎战。程普飞马挺矛，直取胡轸。斗不数合，程普刺中胡轸咽喉，死于马下。

> 孙坚气度溢于言表，"裹赤帻"为后文埋下了伏笔。这句话表现出孙坚语气坚定、正义凛然。

三国演义

坚挥军直杀至关前,关上矢石如雨。孙坚引兵回至梁东屯住,使人于袁绍处报捷,就于袁术处催粮。

或说术曰:"孙坚乃江东猛虎;若打破洛阳,杀了董卓,正是除狼而得虎也。今不与粮,彼军必散。"术听之,不发粮草。孙坚军缺食,军中自乱,细作①报上关来。李肃为华雄谋曰:"今夜我引一军从小路下关,袭孙坚寨后,将军击其前寨,坚可擒矣。"雄从之,传令军士饱餐,乘夜下关。是夜月白风清。到坚寨时,已是半夜,鼓噪直进。坚慌忙披挂上马,正遇华雄。两马相交,斗不数合,后面李肃军到,竟天价放起火来。坚军乱窜。众将各自混战,止有祖茂跟定孙坚,突围而走。背后华雄追来。坚取箭,连放两箭,皆被华雄躲过。再放第三箭时,因用力太猛,拽折了鹊画弓,只得弃弓纵马而奔。祖茂曰:"主公头上赤帻射目,为贼所识认。可脱帻与某戴之。"坚就脱帻换茂盔,分两路而走。雄军只望赤帻者追赶,坚乃从小路得脱。祖茂被华雄追急,将赤帻挂于人家烧不尽的庭柱上,却入树林潜躲。华雄军于月下遥见赤帻,四面围定,不敢近前。用箭射之,方知是计,遂向前取了赤帻。祖茂于林后杀出,挥双刀欲劈华雄;雄大喝一声,将祖茂一刀砍于马下。杀至天明,雄方引兵上关。

程普、黄盖、韩当都来寻见孙坚,再收拾军马屯扎。坚为折了祖茂,伤感不已,星夜遣人报知袁绍。绍大惊

袁术此举,让盟约"凡我同盟,齐心勠力"成为戏言,盟友各存私心,人心不齐,最终会盟以失败而告终。

一个小小的举动,将祖茂的智慧、勇敢、忠义体现得淋漓尽致。

反衬出华雄的勇猛。

---

① 细作:侦探、间谍。

曰:"不想孙文台败于华雄之手!"便聚众诸侯商议。众人都到,只有公孙瓒后至,绍请入帐列坐。绍曰:"前日鲍将军之弟不遵调遣,擅自进兵,杀身丧命,折了许多军士;今者孙文台又败于华雄:挫动锐气,为之奈何?"诸侯并皆不语。绍举目遍视,见公孙瓒背后立着三人,容貌异常,都在那里冷笑。绍问曰:"公孙太守背后何人?"瓒呼玄德出曰:"此吾自幼同舍兄弟,平原令刘备是也。"曹操曰:"莫非破黄巾刘玄德乎?"瓒曰:"然。"即令刘玄德拜见。瓒将玄德功劳,并其出身,细说一遍。绍曰:"既是汉室宗派,取坐来。"命坐。备逊谢。绍曰:"吾非敬汝名爵,吾敬汝是帝室之胄耳。"玄德乃坐于末位,关、张叉手①侍立于后。

忽探子来报:"华雄引铁骑下关,用长竿挑着孙太守赤帻,来寨前大骂搦战。"绍曰:"谁敢去战?"袁术背后转出骁将俞涉曰:"小将愿往。"绍喜,便著俞涉出马。即时报来:"俞涉与华雄战不三合,被华雄斩了。"众大惊。太守韩馥曰:"吾有上将潘凤,可斩华雄。"绍急令出战。潘凤手提大斧上马。去不多时,飞马来报:"潘凤又被华雄斩了。"众皆失色。绍曰:"可惜吾上将颜良、文丑未至!得一人在此,何惧华雄!"言未毕,阶下一人大呼出曰:"小将愿往斩华雄头,献于帐下!"众视之,见其人身长九尺,髯长二尺,丹凤眼,卧蚕眉,面

> 华雄兵临城下,挑着孙坚的赤帻骂阵,先斩了俞涉,再斩了潘凤,袁绍遗憾于颜良、文丑的缺席,一层层渲染,都是为关羽的出场做铺垫。

> 用"丹凤""卧蚕""重枣""巨钟"四个比喻将关羽的形象生动地展现出来。

---

① 叉手:古代一种礼数,子弟晚辈或随从等人侍立时,两手交拱在胸前,表示恭顺敬谨。

如重枣，声如巨钟，立于帐前。绍问何人。公孙瓒曰："此刘玄德之弟关羽也。"绍问现居何职。瓒曰："跟随刘玄德充马弓手。"帐上袁术大喝曰："汝欺吾众诸侯无大将耶？量一弓手，安敢乱言！与我打出！"曹操急止之曰："公路息怒。此人既出大言，必有勇略；试教出马，如其不胜，责之未迟。"袁绍曰："使一弓手出战，必被华雄所笑。"操曰："此人仪表不俗，华雄安知他是弓手？"关公曰："如不胜，请斩某头。"操教酾热酒一杯，与关公饮了上马。关公曰："酒且斟下，某去便来。"出帐提刀，飞身上马。众诸侯听得关外鼓声大振，喊声大举，如天摧地塌，岳撼山崩，众皆失惊。正欲探听，鸾铃响处，马到中军，云长提华雄之头，掷于地上。其酒尚温。后人有诗赞之曰：

"威镇乾坤第一功，辕门画鼓响冬冬。

云长停盏施英勇，酒尚温时斩华雄。"

曹操大喜。只见玄德背后转出张飞，高声大叫："俺哥哥斩了华雄，不就这里杀入关去，活拿董卓，更待何时！"袁术大怒，喝曰："俺大臣尚自谦让，量一县令手下小卒，安敢在此耀武扬威！都与赶出帐去！"曹操曰："得功者赏，何计贵贱乎？"袁术曰："既然公等只重一县令，我当告退。"操曰："岂可因一言而误大事耶？"命公孙瓒且带玄德、关、张回寨。众官皆散。曹操暗使人赍牛酒抚慰三人。

却说华雄手下败军，报上关来。李肃慌忙写告急文

袁氏兄弟门第观念强，思想狭隘，缺乏务实的精神，最终走向覆灭。曹操能从实际出发，善于变通。他重视人才，善于使用人才，最终统一了北方。

实写会场，虚写战场。作者利用"鼓声""喊声"调动读者的想象，来展现出战场的画面。关羽出入会场的片段使用了一系列动词，展现了他的英雄气概。"其酒尚温"的细节描写，描绘出关羽的神勇。

第三回　虎牢关三英战吕布

书，申闻董卓。卓急聚李儒、吕布等商议。儒曰："今失了上将华雄，贼势浩大。袁绍为盟主，绍叔袁隗，现为太傅；倘或里应外合，深为不便，可先除之。请丞相亲领大军，分拨剿捕。"卓然其说，唤李傕、郭汜领兵五百，围住太傅袁隗家，不分老幼，尽皆诛绝，先将袁隗首级去关前号令。

卓遂起兵二十万，分为两路而来：一路先令李傕、郭汜引兵五万，把住汜水关，不要厮杀；卓自将十五万，同李儒、吕布、樊稠、张济等守虎牢关。这关离洛阳五十里。军马到关，卓令吕布领三万军，去关前扎住大寨。卓自在关上屯住。

流星马探听得，报入袁绍大寨里来。绍聚众商议。操曰："董卓屯兵虎牢，截俺诸侯中路，今可勒兵一半迎敌。"绍乃分王匡、乔瑁、鲍信、袁遗、孙融、张杨、陶谦、公孙瓒八路诸侯，往虎牢关迎敌。操引军往来救应。八路诸侯，各自起兵。河内太守王匡，引兵先到。吕布带铁骑三千，飞奔来迎。王匡将军马列成阵势，勒马门旗下看时，见吕布出阵：头戴三叉束发紫金冠，体挂西川红锦百花袍，身披兽面吞头连环铠，腰系勒甲玲珑狮蛮带；弓箭随身，手持画戟，坐下嘶风赤兔马：果然是"人中吕布，马中赤兔"！王匡回头问曰："谁敢出战？"后面一将，纵马挺枪而出。匡视之，乃河内名将方悦。两马相交，无五合，被吕布一戟刺于马下，挺戟直冲过来。匡军大败，四散奔走。布东西冲杀，如入无人之境。幸得乔

> 吕布武艺高强，号称"天下无敌"；他的坐骑是日行千里的赤兔马。一人一马，可谓最佳搭档。这句写出了吕布的声威气势。吕布的声势，正面衬托出刘、关、张的声势。

瑁、袁遗两军皆至，来救王匡，吕布方退。三路诸侯，各折了些人马，退三十里下寨。随后五路军马都至，一处商议，言吕布英雄，无人可敌。

正虑间，小校报来："吕布搦战。"八路诸侯，一齐上马。军分八队，布在高冈。遥望吕布一簇军马，绣旗招飐，先来冲阵。上党太守张杨部将穆顺，出马挺枪迎战，被吕布手起一戟，刺于马下。众大惊。北海太守孔融部将武安国，使铁锤飞马而出。吕布挥戟拍马来迎。战到十余合，一戟砍断安国手腕，弃锤于地而走。八路军兵齐出，救了武安国。吕布退回去了。众诸侯回寨商议。曹操曰："吕布英勇无敌，可会十八路诸侯，共议良策。若擒了吕布，董卓易诛耳。"

正议间，吕布复引兵搦战。八路诸侯齐出。公孙瓒挥槊亲战吕布。战不数合，瓒败走。吕布纵赤兔马赶来。那马日行千里，飞走如风。看看赶上，布举画戟望瓒后心便刺。傍边一将，圆睁环眼，倒竖虎须，挺丈八蛇矛，飞马大叫："三姓家奴①休走！燕人张飞在此！"吕布见了，弃了公孙瓒，便战张飞。飞抖擞精神，酣战吕布。连斗五十余合，不分胜负。云长见了，把马一拍，舞八十二斤青龙偃月刀，来夹攻吕布。三匹马丁字儿厮杀。战到三十合，战不倒吕布。刘玄德掣双股剑，骤黄鬃马，刺斜里也来助战。这三个围住吕布，转灯儿般厮杀。八路人马，都看得

之后吕布又连胜了穆顺、武安国。众诸侯一致认为，吕布英勇，无人可敌。只有擒了吕布，董卓才容易被诛灭。这为三英战吕布的功绩做好了铺垫。

场面描写：张飞单打，关张合斗，刘关张围斗；吕布败走，刘关张追赶。在写这些点的同时，也不失面上的照应，如"八路人马，都看得呆了""八路军兵，喊声大震，一齐掩杀"。

---

①吕布姓吕，后来又做了丁原的干儿子，杀了丁原，投奔董卓，认贼作父。张飞讥讽他缺少忠义，不知自己是姓吕、姓丁，还是姓董。

呆了。吕布架隔遮拦不定，看着玄德面上，虚刺一戟，玄德急闪。吕布荡开阵角，倒拖画戟，飞马便回。三个那里肯舍，拍马赶来。八路军兵，喊声大震，一齐掩杀。吕布军马望关上奔走；玄德、关、张随后赶来。

章回小结

　　故事情节跌宕起伏，充满紧张和刺激，如孙坚初战告捷，却因缺粮而败；关羽斩华雄，振奋人心；吕布连挫诸侯，刘关张战吕布，扣人心弦。通过孙坚与华雄的战斗、各路诸侯将领与吕布的战斗，衬托出关羽、吕布等人的勇猛。以袁术、袁绍的短视和自私，衬托曹操的远见和务实。战斗场面描写得精彩生动，给人强烈的视觉和听觉冲击。细节描写突出了人物的神勇、智慧和忠诚等性格特点。前文对华雄勇猛的渲染，为关羽出场做铺垫；各路将领与吕布的战斗，为刘关张战吕布做铺垫。同时，诸侯内部的矛盾与分歧，也为联盟的最终失败埋下伏笔。

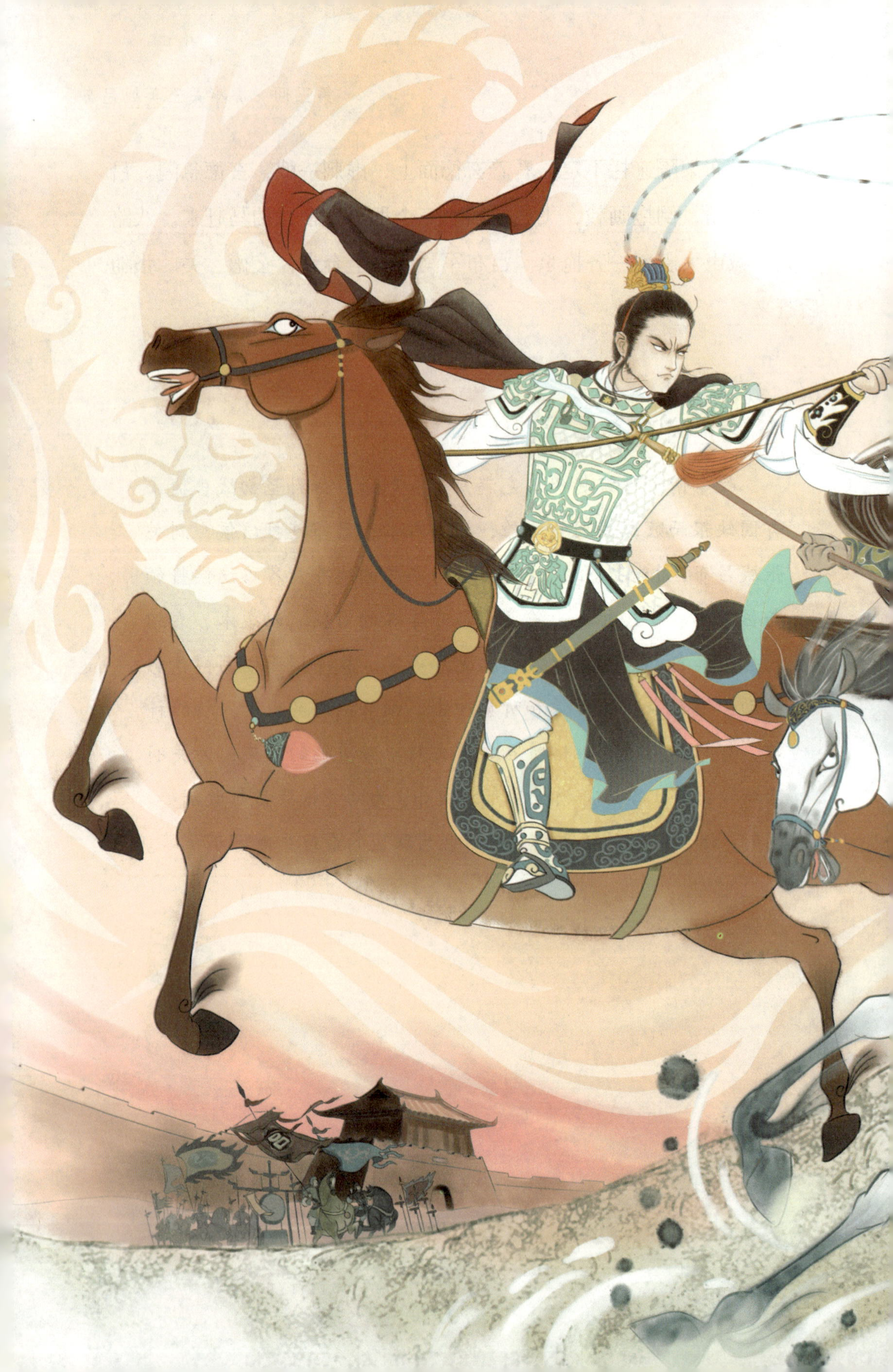

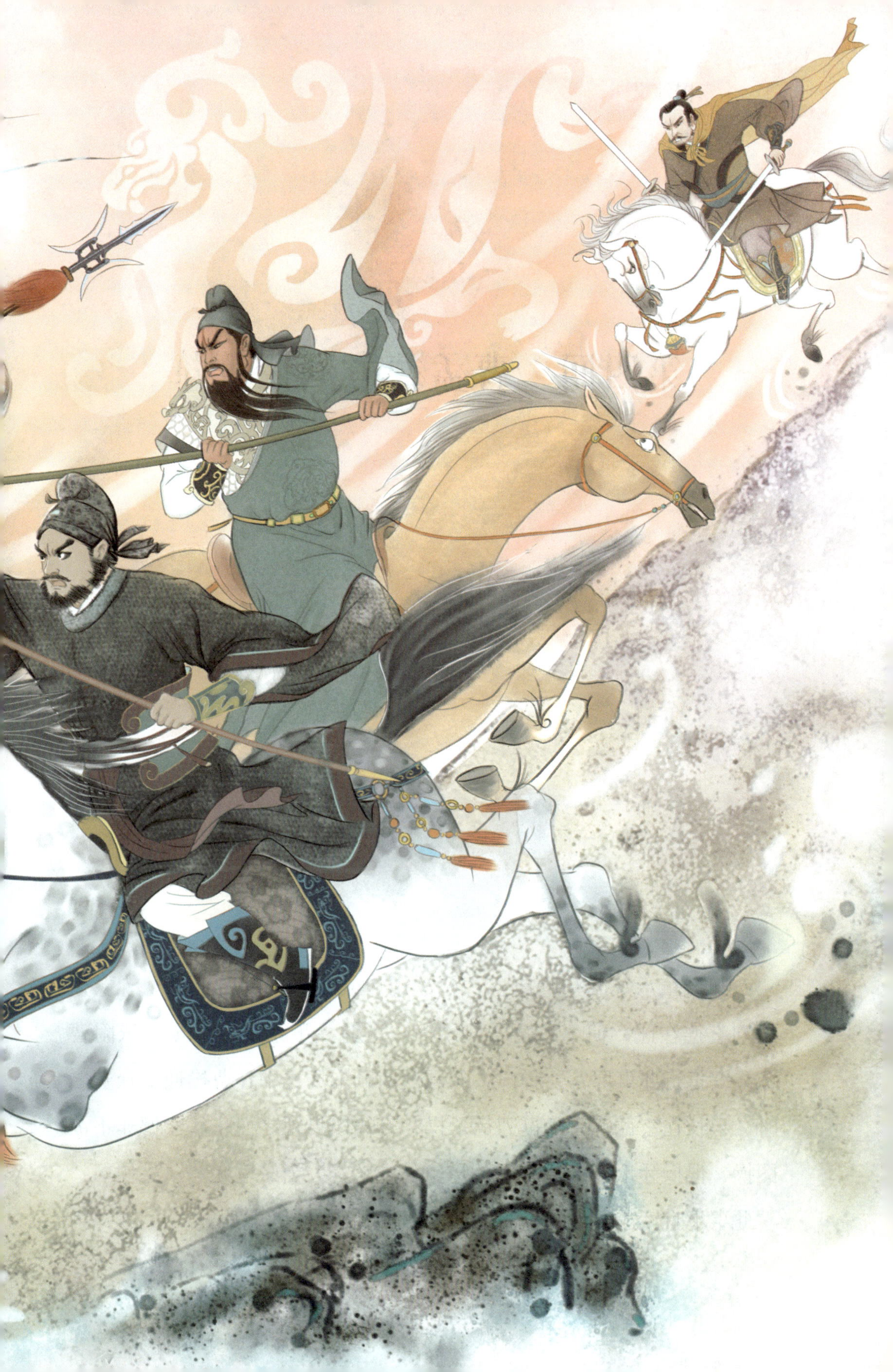

第四回　曹孟德煮酒论英雄

导读

汉献帝经过一番磨难，终于被曹操迎到许都。从此，曹操挟天子以令诸侯。陶谦三让徐州，刘备成为徐州之主。不巧徐州被吕布夺去。刘备与曹操联手，消灭了吕布。之后，刘备被迫来到许都，被封为左将军、宜城亭侯。论辈分，刘备是汉献帝的叔叔，因此人称"刘皇叔"。曹操虽忌惮却又十分欣赏刘备，不想马上除掉他，于是把他留在许都方便监视。刘备深懂此意，为防备曹操的谋害，终日学圃，以为韬晦之计。小说中曹操对"龙变"的见解，对天下英雄的品评，显示出他英雄的一面。刘备一向仁厚爱民、谦恭重义，但"闻雷失箸"的情节也道出了其谨慎敦厚背后的机警多智、深谋大略，显示了刘备的枭雄本色。

却说董承等问马腾曰："公欲用何人？"马腾曰："见有豫州牧刘玄德在此，何不求之？"承曰："此人虽系皇叔，今正依附曹操，安肯行此事耶？"腾曰："吾观前日围场之中，曹操迎受众贺之时，云长在玄德背后，挺刀欲杀操，玄德以目视之而止。玄德非不欲图操，恨操牙爪多，恐力不及耳。公试求之，当必应允。"吴硕曰："此事不宜太速，当从容商议。"众皆散去。

第四回　曹孟德煮酒论英雄

次日黑夜里，董承怀诏，径往玄德公馆中来。门吏入报，玄德迎出，请入小阁坐定。关、张侍立于侧。玄德曰："国舅夤夜至此，必有事故。"承曰："白日乘马相访，恐操见疑，故黑夜相见。"玄德命取酒相待。承曰："前日围场之中，云长欲杀曹操，将军动目摆头而退之，何也？"玄德失惊曰："公何以知之？"承曰："人皆不见，某独见之。"玄德不能隐讳，遂曰："舍弟见操僭越①，故不觉发怒耳。"承掩面而哭曰："朝廷臣子，若尽如云长，何忧不太平哉！"玄德恐是曹操使他来试探，乃佯言曰："曹丞相治国，为何忧不太平？"承变色而起曰："公乃汉朝皇叔，故剖肝沥胆以相告，公何诈也？"玄德曰："恐国舅有诈，故相试耳。"于是董承取衣带诏令观之，玄德不胜悲愤。又将义状出示，上止有六位：一，车骑将军董承；二，工部侍郎王子服；三，长水校尉种辑；四，议郎吴硕；五，昭信将军吴子兰；六，西凉太守马腾。玄德曰："公既奉诏讨贼，备敢不效犬马之劳。"承拜谢，便请书名。玄德亦书"左将军刘备"，押了字，付承收讫。承曰："尚容再请三人，共聚十义，以图国贼。"玄德曰："切宜缓缓施行，不可轻泄。"共议到五更，相别去了。

玄德也防曹操谋害，就下处后园种菜，亲自浇灌，以为韬晦②之计。关、张二人曰："兄不留心天下大事，而学

展现刘备的谨慎小心，董承的急切与真诚。

此处留下悬念，写出了刘备的心机深重。

---

① 僭越：超过了封建礼法的等级规定。
② 韬（tāo）晦：把光芒收敛起来；有意隐蔽才能和意图。

小人之事，何也？"玄德曰："此非二弟所知也。"二人乃不复言。

一日，关、张不在，玄德正在后园浇菜，许褚、张辽引数十人入园中曰："丞相有命，请使君便行。"玄德惊问曰："有甚紧事？"许褚曰："不知。只教我来相请。"玄德只得随二人入府见操。操笑曰："在家做得好大事！"唬得玄德面如土色。操执玄德手，直至后园，曰："玄德学圃①不易！"玄德方才放心，答曰："无事消遣耳。"操曰："适见枝头梅子青青，忽感去年征张绣时，道上缺水，将士皆渴；吾心生一计，以鞭虚指曰：'前面有梅林。'军士闻之，口皆生唾，由是不渴。今见此梅，不可不赏。又值煮酒正熟，故邀使君小亭一会。"玄德心神方定。随至小亭，已设樽俎：盘置青梅，一樽煮酒。二人对坐，开怀畅饮。

酒至半酣，忽阴云漠漠，骤雨将至。从人遥指天外龙挂②，操与玄德凭栏观之。操曰："使君知龙之变化否？"玄德曰："未知其详。"操曰："龙能大能小，能升能隐；大则兴云吐雾，小则隐介藏形；升则飞腾于宇宙之间，隐则潜伏于波涛之内。方今春深，龙乘时变化，犹人得志而纵横四海。龙之为物，可比世之英雄。玄德久历四方，必知当世英雄。请试指言之。"玄德曰："备肉眼安识英雄？"操曰："休得过谦。"玄德

①学圃：学习种菜。
②龙挂：即龙卷风。

插叙"望梅止渴"的故事。

环境描写：风云变色，预示着气氛再度变得紧张。

曹操借"龙变"谈英雄，把英雄写得具体可感。刘备敏锐地察觉到话中的微妙，回答始终谨慎小心，故意推脱，不肯多说一句。

第四回 曹孟德煮酒论英雄

曰："备叨恩庇，得仕于朝。天下英雄，实有未知。"操曰："既不识其面，亦闻其名。"玄德曰："淮南袁术，兵粮足备，可为英雄？"操笑曰："冢中枯骨，吾早晚必擒之！"玄德曰："河北袁绍，四世三公，门多故吏；今虎踞冀州之地，部下能事者极多，可为英雄？"操笑曰："袁绍色厉胆薄，好谋无断；干大事而惜身，见小利而忘命：非英雄也。"玄德曰："有一人名称八俊，威镇九州：刘景升可为英雄？"操曰："刘表虚名无实，非英雄也。"玄德曰："有一人血气方刚，江东领袖——孙伯符乃英雄也？"操曰："孙策藉父之名，非英雄也。"玄德曰："益州刘季玉，可为英雄乎？"操曰："刘璋虽系宗室，乃守户之犬耳，何足为英雄！"玄德曰："如张绣、张鲁、韩遂等辈皆何如？"操鼓掌大笑曰："此等碌碌小人，何足挂齿！"玄德曰："舍此之外，备实不知。"操曰："夫英雄者，胸怀大志，腹有良谋，有包藏宇宙之机，吞吐天地之志者也。"玄德曰："谁能当之？"操以手指玄德，后自指，曰："今天下英雄，惟使君与操耳！"玄德闻言，吃了一惊，手中所执匙箸，不觉落于地下。时正值天雨将至，雷声大作。玄德乃从容俯首拾箸曰："一震之威，乃至于此。"操笑曰："丈夫亦畏雷乎？"玄德曰："圣人迅雷风烈必变①，安得不畏？"将闻

> 怀大志，有良谋，这是曹操的英雄观。其实也是在说他自己，这是他自负的体现。

> 由于大出意料，刘备吃惊不小，筷子落地，接着以雷声来掩盖自己的失态，这就是刘备的机智。成语"闻雷失箸"源于此。

---

① 迅雷风烈必变：语出《论语·乡党》，说孔子遇到疾雷暴风，必定要改变容色，表示对上天的敬畏。迅雷风烈，即迅雷烈风，这是为了错综成文的一种变文的修辞。

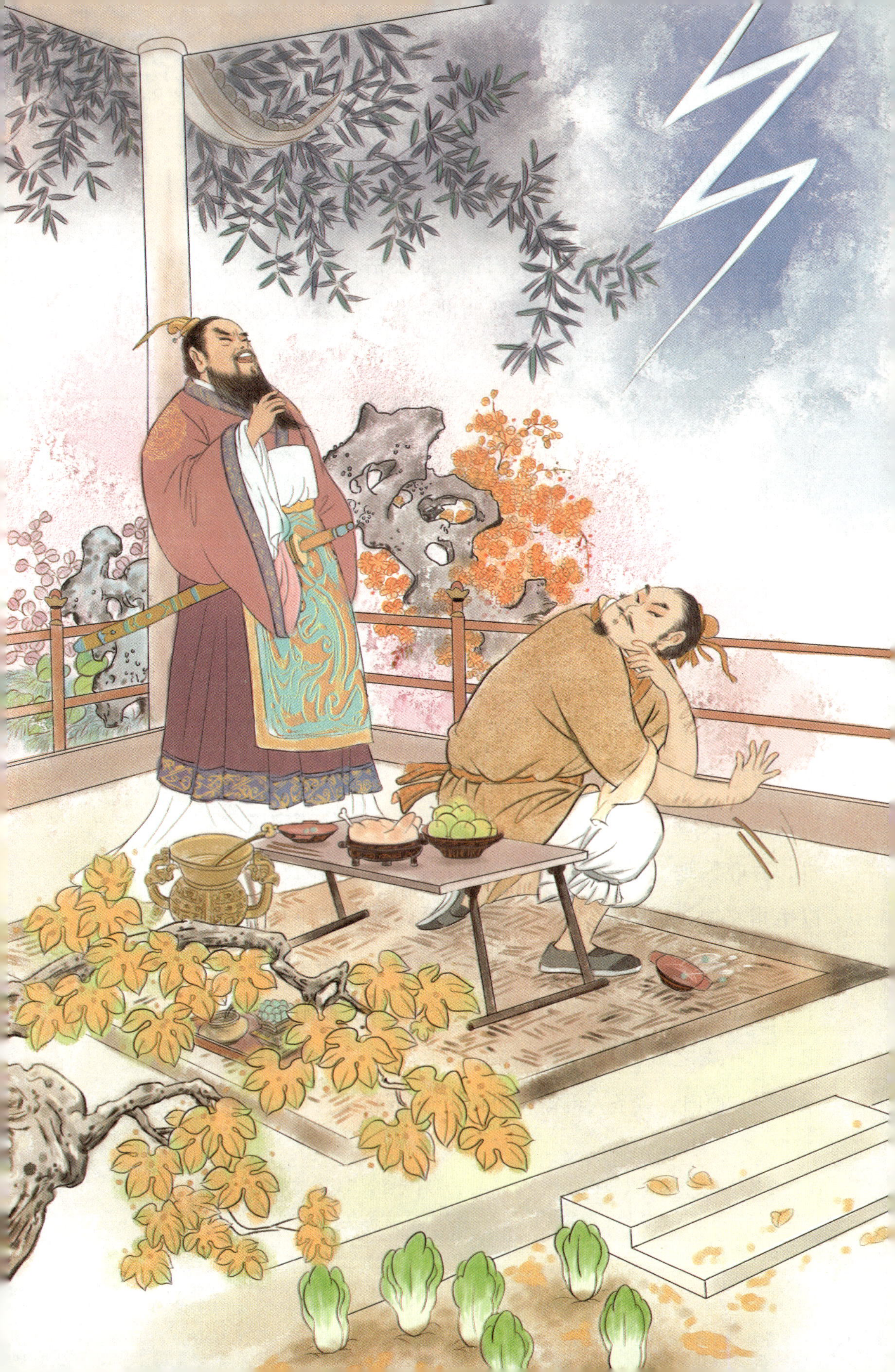

言失箸缘故，轻轻掩饰过了。操遂不疑玄德。

　　天雨方住，见两个人撞入后园，手提宝剑，突至亭前，左右拦挡不住。操视之，乃关、张二人也。原来二人从城外射箭方回，听得玄德被许褚、张辽请将去了，慌忙来相府打听；闻说在后园，只恐有失，故冲突而入。却见玄德与操对坐饮酒。二人按剑而立。操问二人何来。云长曰："听知丞相和兄饮酒，特来舞剑，以助一笑。"操笑曰："此非鸿门会，安用项庄、项伯乎？"玄德亦笑。操命："取酒与二樊哙压惊。"关、张拜谢。须臾席散，玄德辞操而归。云长曰："险些惊杀我两个！"玄德以落箸事说与关、张。关、张问是何意。玄德曰："吾之学圃，正欲使操知我无大志；不意操竟指我为英雄，我故失惊落箸。又恐操生疑，故借惧雷以掩饰之耳。"关、张曰："兄真高见！"

　　操次日又请玄德。正饮间，人报满宠去探听袁绍而回。操召入问之。宠曰："公孙瓒已被袁绍破了。"玄德急问曰："愿闻其详。"宠曰："瓒与绍战不利，筑城围圈，圈上建楼，高十丈，名曰易京楼，积粟三十万以自守。战士出入不息，或有被绍围者，众请救之。瓒曰：'若救一人，后之战者只望人救，不肯死战矣。'遂不肯救。因此袁绍兵来，多有降者。瓒势孤，使人持书赴许都求救，不意中途为绍军所获。瓒又遗书张燕，暗约举火为号，里应外合。下书人又被袁绍擒住，却来城外放火诱敌。瓒自出战，伏兵四起，军马折其

环境描写：呼应前文，预示紧张的冲突过去了，至此云开雾散。

言笑之中化解了矛盾。曹操精明老练，有杰出的驾驭事态的政治才能。

语带双关，委婉地讽刺了二人的唐突，表明自己的善意。

> 插叙袁绍、袁术之事，为下文刘备的脱身做铺垫。

> 刘备感恩公孙瓒，又以赵子龙的下落为后文埋下伏笔。

> 一语道出了刘备的真实感受。刘备将自己比作鸟和鱼，曹操就是笼和网。逃离出去，光复汉室，则是刘备心中所想、心中所虑。

大半。退守城中，被袁绍穿地直入瓒所居之楼下，放起火来。瓒无走路，先杀妻子，然后自缢，全家都被火焚了。今袁绍得了瓒军，声势甚盛。绍弟袁术在淮南骄奢过度，不恤军民，众皆背反。术使人归帝号于袁绍。绍欲取玉玺，术约亲自送至，见今弃淮南欲归河北。若二人协力，急难收复。乞丞相作急图之。"玄德闻公孙瓒已死，追念昔日荐己之恩，不胜伤感；又不知赵子龙如何下落，放心不下。因暗想曰："我不就此时寻个脱身之计，更待何时？"遂起身对操曰："术若投绍，必从徐州过。备请一军就半路截击，术可擒矣。"操笑曰："来日奏帝，即便起兵。"次日，玄德面奏君。操令玄德总督五万人马，又差朱灵、路昭二人同行。玄德辞帝，帝泣送之。

玄德到寓，星夜收拾军器鞍马，挂了将军印，催促便行。董承赶出十里长亭来送。玄德曰："国舅宁耐。某此行必有以报命。"承曰："公宜留意，勿负帝心。"二人分别。关、张在马上问曰："兄今番出征，何故如此慌速？"玄德曰："吾乃笼中鸟、网中鱼，此一行如鱼入大海、鸟上青霄，不受笼网之羁绊也！"因命关、张催朱灵、路昭军马速行。时郭嘉、程昱考较钱粮方回，知曹操已遣玄德进兵徐州，慌入谏曰："丞相何故令刘备督军？"操曰："欲截袁术耳。"程昱曰："昔刘备为豫州牧时，某等请杀之，丞相不听；今日又与之兵：此放龙入海，纵虎归山也。后欲治之，其可得乎？"郭嘉曰："丞相纵不杀备，亦不当使之去。古人云：一日纵敌，万世之患。望丞相察之。"操然其言，遂令许褚将兵五百前往，务要追玄德转来。许褚应诺而去。

却说玄德正行之间，只见后面尘头骤起，谓关、张曰："此必曹兵追至也。"遂下了营寨，令关、张各执军器，立于两边。许褚至，见严兵整甲，乃下马入营见玄德。玄德曰："公来此何干？"褚曰："奉丞相命，特请将军回去，别有商议。"玄德曰："将在外，君命有所不受。吾面过君，又蒙丞相钧语。今别无他议，公可速回，为我禀覆丞相。"许褚寻思："丞相与他一向交好，今番又不曾教我来厮杀，只得将他言语回覆，另候裁夺便了。"遂辞了玄德，领兵而回。回见曹操，备述玄德之言。操犹豫未决。程昱、郭嘉曰："备不肯回兵，可知其心变矣。"操曰："我有朱灵、路昭二人在彼，料玄德未必敢心变。况我既遣之，何可复悔？"遂不复追玄德。后人有诗叹玄德曰：

"束兵秣马去匆匆，心念天言衣带中。
撞破铁笼逃虎豹，顿开金锁走蛟龙。"

> 此时说出了朱灵、路昭与刘备同行的原因。

三国演义

章回小结

情节发展充满波折，从董承密谋到刘备参与衣带诏，再到曹操对刘备的试探、刘备借机脱身等，环环相扣。人物对话展现性格，如曹操与刘备煮酒论英雄时的对话，充满玄机。气氛烘托巧妙，如煮酒论英雄时，借助天气的变化，阴云密布、雷声大作，为情节增添了紧张的氛围，也为刘备掩饰失箸提供了契机。对比手法运用精妙，曹操的强势与刘备的隐忍形成对比，突出了刘备处境的艰难以及他应对时的智慧。细节刻画入微，对刘备失箸这一细节的描写，生动地表现了他当时内心的震惊和惶恐，以及随后的巧妙掩饰。铺垫伏笔众多，前文董承拉拢刘备、刘备种菜等情节为后续的发展做了铺垫，使故事的转折显得自然而合理。总之，这些情节和描写，生动地展现了刘备的智慧、隐忍和曹操的多疑、自负，使人物形象丰满而富有魅力。

第二阶段：烽火连天英名显

阅读篇目　第五回至第九回
阅读策略　聚焦经典情节，巧用情节图，把握故事内容

在这一阶段中，关羽千里走单骑，展现出对刘备的忠诚不贰；刘备不辞辛劳三顾茅庐，终于请得诸葛亮出山共商大计；赵云于长坂坡单枪匹马冲入敌阵，成功救主，英勇非凡；诸葛亮在东吴面对群儒，巧舌如簧，力排众议，展现出过人的智慧和辩才。在精彩纷呈的侠义故事中，我们要抓住事件的起因、经过和结果，更深入地理解三国时期的英雄人物和他们所处的时代背景。

让我们以《三顾茅庐隆中对》这一回为例，仔细研读相关内容，绘制情节图，清晰地展现故事的发展脉络和关键节点，更好地把握人物的性格特点、人格魅力等，并尝试借助情节图讲一讲这个故事。

二顾茅庐
★ 仍未遇，见石广元、孟公威等。
★ 给诸葛亮留书。

一顾茅庐
★ 未遇诸葛亮，与农夫、童子对话。
★ 遇崔州平交流。

三顾茅庐
★ 遇诸葛均，得知可相见。
★ 等待诸葛亮睡醒，隆中对策。
★ 恳请出山，最终成功。

从这个故事中我感受到的人物特点
刘备：胸怀大志、坚定执着、求贤若渴、善于用人

第五回　关云长千里走单骑

导读

　　刘备以截击袁术投奔袁绍为名，逃出曹操的掌心。他再次成为徐州之主。曹操不愿意让刘备做大，一举把他击溃。刘备逃到了袁绍处，张飞去了芒砀山。关羽屯聚于土山，进退不能，在好友张辽劝说和周旋下，与曹操约定三件事："一者，吾与皇叔设誓，共扶汉室，吾今只降汉帝，不降曹操。二者，二嫂处请给皇叔俸禄养赡，一应上下人等，皆不许到门。三者，但知刘皇叔去向，不管千里万里，便当辞去。"曹操应允，关羽便暂居许昌。曹操爱惜人才，一诺千金，为了能留住关羽，他极尽笼络之法。然而金银、爵禄、美女等都不能动摇他。得知了刘备在袁绍处，他立刻准备去投奔。为此，哪怕跨越千山万水，面对重重危机，也在所不辞。过五关斩六将正是关羽忠义精神的形象化体现。

> 这是曹操对关羽的赞扬，他也慨叹众将领中缺少如此忠义之人。

　　却说曹操部下诸将中，自张辽而外，只有徐晃与云长交厚，其余亦皆敬服；独蔡阳不服关公，故今日闻其去，欲往追之。操曰："不忘故主，来去明白，真丈夫也。汝等皆当效之。"遂叱退蔡阳，不令去赶。程昱曰："丞相待关某甚厚，今彼不辞而去，乱言片楮，冒渎钧威，其罪大矣。若纵之使归袁绍，是

第五回　关云长千里走单骑

与虎添翼也。不若追而杀了，以绝后患。"操曰："吾昔已许之，岂可失信！彼各为其主，勿追也。"因谓张辽曰："云长封金挂印，财贿不以动其心，爵禄不以移其志，此等人吾深敬之。想他去此不远，我一发①结识他做个人情。汝可先去请住他，待我与他送行，更以路费征袍赠之，使为后日记念。"张辽领命，单骑先往。曹操引数十骑随后而来。

却说云长所骑赤兔马，日行千里，本是赶不上；因欲护送车仗，不敢纵马，按辔徐行。忽听背后有人大叫："云长且慢行！"回头视之，见张辽拍马而至。关公教车仗从人，只管望大路紧行；自己勒住赤兔马，按定青龙刀，问曰："文远莫非欲追我回乎？"辽曰："非也。丞相知兄远行，欲来相送，特先使我请住台驾，别无他意。"关公曰："便是丞相铁骑来，吾愿决一死战！"遂立马于桥上望之。见曹操引数十骑，飞奔前来，背后乃是许褚、徐晃、于禁、李典之辈。操见关公横刀立马于桥上，令诸将勒住马匹，左右排开。关公见众人手中皆无军器，方始放心。操曰："云长行何太速？"关公于马上欠身答曰："关某前曾禀过丞相。今故主在河北，不由某不急去。累次造府，不得参见，故拜书告辞，封金挂印，纳还丞相。望丞相勿忘昔日之言。"操曰："吾欲取信于天下，安肯有负前言。恐将军途中乏用，特具路资相送。"一将便从马上托过黄金一盘。关公曰："累蒙恩赐，尚有余资。留此黄金以赏将士。"操曰："特以少酬大功于万一，何必推辞？"关公曰："区区微劳，何足挂齿。"操笑曰："云长天下义士，恨吾福薄，不得相留。锦袍一领，略表寸心。"令

---

① 一发：这里是越发、索性的意思。有时是一齐、一起的意思。

三国演义

> 细节描写，刻画了关羽行事谨慎的特点。

一将下马，双手捧袍过来。云长恐有他变，不敢下马，用青龙刀尖挑锦袍披于身上，勒马回头称谢曰："蒙丞相赐袍，异日更得相会。"遂下桥望北而去。许褚曰："此人无礼太甚，何不擒之？"操曰："彼一人一骑，吾数十余人，安得不疑？吾言既出，不可追也。"曹操自引众将回城，于路叹想云长不已。

> 极力描写曹操对关羽的爱惜和欣赏。

不说曹操自回。且说关公来赶车仗。约行三十里，却只不见。云长心慌，纵马四下寻之。忽见山头一人，高叫："关将军且住！"云长举目视之，只见一少年，黄巾锦衣，持枪跨马，马项下悬着首级一颗，引百余步卒，飞奔前来。公问曰："汝何人也？"少年弃枪下马，拜伏于地。云长恐是诈，勒马持刀问曰："壮士，愿通姓名。"答曰："吾本襄阳人，姓廖，名化，字元俭。因世乱流落江湖，聚众五百余人，劫掠为生。恰才同伴杜远下山巡哨，误将两夫人劫掠上山。吾问从者，知是大汉刘皇叔夫人，且闻将军护送在此，吾即欲送下山来。杜远出言不逊，被某杀之。今献头与将军请罪。"关公曰："二夫人何在？"化曰："现在山中。"关公教急取下山。不移时，百余人簇拥车仗前来。关公下马停刀，叉手于车前问候曰："二嫂受惊否？"二夫人曰："若非廖将军保全，已被杜远所辱。"关公问左右曰："廖化怎生救夫人？"左右曰："杜远劫上山去，就要与廖化各分一人为妻。廖化问起根由，好生拜敬；杜远不从，已被廖化杀了。"关

> 同一件事情，通过廖化、两位夫人和左右的人叙出，各尽其妙。此时关羽再拜谢廖化，写出了他的心细、谨慎。

公听言，乃拜谢廖化。廖化欲以部下人送关公。关公寻思

第五回　关云长千里走单骑

此人终是黄巾余党，未可作伴，乃谢却之。廖化又拜送金帛，关公亦不受。廖化拜别，自引人伴投山谷中去了。

云长将曹操赠袍事，告知二嫂，催促车仗前行。至天晚，投一村庄安歇。庄主出迎，须发皆白，问曰："将军姓甚名谁？"关公施礼曰："吾乃刘玄德之弟关某也。"老人曰："莫非斩颜良、文丑的关公否？"公曰："便是。"老人大喜，便请入庄。关公曰："车上还有二位夫人。"老人便唤妻女出迎。二夫人至草堂上，关公叉手立于二夫人之侧。老人请公坐，公曰："尊嫂在上，安敢就坐！"老人乃令妻女请二夫人入内室款待，自于草堂款待关公。关公问老人姓名。老人曰："吾姓胡，名华。桓帝时曾为议郎，致仕①归乡。今有小儿胡班，在荥阳太守王植部下为从事。将军若从此处经过，某有一书寄与小儿。"关公允诺。

次日早膳毕，请二嫂上车，取了胡华书信，相别而行，取路投洛阳来。前至一关，名东岭关。把关将姓孔，名秀，引五百军兵在岭上把守。当日关公押车仗上岭，军士报知孔秀，秀出关来迎。关公下马，与孔秀施礼。秀曰："将军何往？"公曰："某辞丞相，特往河北寻兄。"秀曰："河北袁绍，正是丞相对头。将军此去，必有丞相文凭？"公曰："因行期慌迫，不曾讨得。"秀曰："既无文凭，待我差人禀过丞相，方可放行。"关公

> 颜良、文丑是河北袁绍的名将，以此来衬托关羽的武艺超群。

> 为第四关的脱难埋下伏笔。

> 关羽说话很有技巧：不说曹操不给，只说自己没有去要。

①致仕：年老辞官退休。

曰:"待去禀时,须误了我行程。"秀曰:"法度所拘,不得不如此。"关公曰:"汝不容我过关乎?"秀曰:"汝要过去,留下老小为质。"关公大怒,举刀就杀孔秀。秀退入关去,鸣鼓聚军,披挂上马,杀下关来,大喝曰:"汝敢过去么!"关公约退车仗,纵马提刀,竟不打话,直取孔秀。秀挺枪来迎。两马相交,只一合,钢刀起处,孔秀尸横马下。众军便走。关公曰:"军士休走。吾杀孔秀,不得已也,与汝等无干。借汝众军之口,传语曹丞相,言孔秀欲害我,我故杀之。"众军俱拜于马前。

关公即请二夫人车仗出关,望洛阳进发。早有军士报知洛阳太守韩福。韩福急聚众将商议。牙将孟坦曰:"既无丞相文凭,即系私行;若不阻挡,必有罪责。"韩福曰:"关公勇猛,颜良、文丑俱为所杀。今不可力敌,只须设计擒之。"孟坦曰:"吾有一计:先将鹿角拦定关口,待他到时,小将引兵和他交锋,佯败诱他来追,公可用暗箭射之。若关某坠马,即擒解许都,必得重赏。"商议停当,人报关公车仗已到。韩福弯弓插箭,引一千人马,排列关口,问:"来者何人?"关公马上欠身言曰:"吾汉寿亭侯关某,敢借过路。"韩福曰:"有曹丞相文凭否?"关公曰:"事冗不曾讨得。"韩福曰:"吾奉丞相钧命,镇守此地,专一盘诘往来奸细。若无文凭,即系逃窜。"关公怒曰:"东岭孔秀,已被吾杀。汝亦欲寻死耶?"韩福曰:"谁人与我擒之?"孟坦出马,轮双刀来取关公。关公约退车仗,拍马来迎。孟坦战不三合,拨回马便走。关公赶来。孟坦只指望

孔秀战死只是开始。曹操送行,赠金、赠袍,却不给通行证,意在不让其走。一诺千金,又不能留。是曹操的含混葬送了孔秀以及后面六位将领的性命。

引诱关公,不想关公马快,早已赶上,只一刀,砍为两段。关公勒马回来,韩福闪在门首,尽力放了一箭,正射中关公左臂。公用口拔出箭,血流不住,飞马径奔韩福,冲散众军,韩福急走不迭,关公手起刀落,带头连肩,斩于马下;杀散众军,保护车仗。

关公割帛束住箭伤,于路恐人暗算,不敢久住,连夜投汜水关来。把关将乃并州人氏,姓卞,名喜,善使流星锤;原是黄巾余党,后投曹操,拨来守关。当下闻知关公将到,寻思一计:就关前镇国寺中,埋伏下刀斧手二百余人,诱关公至寺,约击盏为号,欲图相害。安排已定,出关迎接关公。公见卞喜来迎,便下马相见。喜曰:"将军名震天下,谁不敬仰!今归皇叔,足见忠义!"关公诉说斩孔秀、韩福之事。卞喜曰:"将军杀之是也。某见丞相,代禀衷曲。"关公甚喜,同上马过了汜水关,到镇国寺前下马。众僧鸣钟出迎。原来那镇国寺乃汉明帝御前香火院,本寺有僧三十余人。内有一僧,却是关公同乡人,法名普净。当下普净已知其意,向前与关公问讯,曰:"将军离蒲东几年矣?"关公曰:"将及二十年矣。"普净曰:"还认得贫僧否?"公曰:"离乡多年,不能相识。"普净曰:"贫僧家与将军家只隔一条河。"卞喜见普净叙出乡里之情,恐有走泄,乃叱之曰:"吾欲请将军赴宴,汝僧人何得多言!"关公曰:"不然。乡人相遇,安得不叙旧情耶?"普净请关公方丈待茶。关公曰:"二位夫人在车上,可先献茶。"普净教取茶先奉夫人,然后请关公入方丈。普净以手举所佩戒刀,以目视关公。公会意,命左右持刀紧随。

卞喜请关公于法堂筵席。关公曰:"卞君请关某,是好意,还是歹意?"卞喜未及回言,关公早望见壁衣①中有刀斧手,乃大喝卞

---

① 壁衣:遮蔽墙壁的大型帷幕,可用以临时隐藏人众。

喜曰："吾以汝为好人，安敢如此！"卞喜知事泄，大叫："左右下手！"左右方欲动手，皆被关公拔剑砍之。卞喜下堂绕廊而走，关公弃剑执大刀来赶。卞喜暗取飞锤掷打关公。关公用刀隔开锤，赶将入去，一刀劈卞喜为两段。随即回身来看二嫂，早有军人围住，见关公来，四下奔走。关公赶散，谢普净曰："若非吾师，已被此贼害矣。"普净曰："贫僧此处难容，收拾衣钵，亦往他处云游也。后会有期，将军保重。"关公称谢，护送车仗，往荥阳进发。荥阳太守王植，却与韩福是两亲家；闻得关公杀了韩福，商议欲暗害关公，乃使人守住关口。待关公到时，王植出关，喜笑相迎。关公诉说寻兄之事。植曰："将军于路驱驰，夫人车上劳困，且请入城，馆驿中暂歇一宵，来日登途未迟。"关公见王植意甚殷勤，遂请二嫂入城。馆驿中皆铺陈了当。王植请公赴宴，公辞不往；植使人送筵席至馆驿。关公因于路辛苦，请二嫂晚膳毕，就正房歇定；令从者各自安歇，饱喂马匹。关公亦解甲憩息。却说王植密唤从事胡班听令曰："关某背丞相而逃，又于路杀太守并守关将校，死罪不轻！此人武勇难敌。汝今晚点一千军围住馆驿，一人一个火把，待三更时分，一齐放火；不问是谁，尽皆烧死！吾亦自引军接应。"胡班领命，便点起军士，密将干柴引火之物，搬于馆驿门首，约时举事。

胡班寻思："我久闻关云长之名，不识如何模样，试往窥之。"乃至驿中，问驿吏曰："关将军在何处？"

引出正文。作为名人的关羽，自然引人瞩目，胡班的家庭出身决定了他非孤陋寡闻之人，难免有一睹关公尊荣的心理。

第五回　关云长千里走单骑

答曰："正厅上观书者是也。"胡班潜至厅前，见关公左手绰髯，于灯下凭几看书。班见了，失声叹曰："真天人也！"公问何人，胡班入拜曰："荥阳太守部下从事胡班。"关公曰："莫非许都城外胡华之子否？"班曰："然也。"公唤从者于行李中取书付班。班看毕，叹曰："险些误杀忠良！"遂密告曰："王植心怀不仁，欲害将军，暗令人四面围住馆驿，约于三更放火。今某当先去开了城门，将军急收拾出城。"

> 照应胡华托关公捎信的前文。看似闲笔的一封信，却成为故事的转折点。

关公大惊，忙披挂提刀上马，请二嫂上车，尽出馆驿，果见军士各执火把听候。关公急来到城边，只见城门已开。关公催车仗急急出城。胡班还去放火。关公行不到数里，背后火把照耀，人马赶来。当先王植大叫："关某休走！"关公勒马，大骂："匹夫！我与你无仇，如何令人放火烧我？"王植拍马挺枪，径奔关公，被关公拦腰一刀，砍为两段。人马都赶散。关公催车仗速行，于路感胡班不已。

行至滑州界首，有人报与刘延。延引数十骑，出郭而迎。关公马上欠身而言曰："太守别来无恙！"延曰："公今欲何往？"公曰："辞了丞相，去寻家兄。"延曰："玄德在袁绍处，绍乃丞相仇人，如何容公去？"公曰："昔日曾言定来。"延曰："今黄河渡口关隘，夏侯惇部将秦琪据守，恐不容将军过渡。"公曰："太守应付①船只，若何？"延曰："船只虽有，不敢应付。"公

---

① 应付：提供，供应。

三国演义

曰:"我前者诛颜良、文丑,亦曾与足下解厄①。今日求一渡船而不与,何也?"延曰:"只恐夏侯惇知之,必然罪我。"关公知刘延无用之人,遂自催车仗前进。到黄河渡口,秦琪引军出问:"来者何人?"关公曰:"汉寿亭侯关某也。"琪曰:"今欲何往?"关公曰:"欲投河北去寻兄长刘玄德,敬来借渡。"琪曰:"丞相公文何在?"公曰:"吾不受丞相节制,有甚公文!"琪曰:"吾奉夏侯将军将令,守把关隘,你便插翅,也飞不过去!"关公大怒曰:"你知我于路斩戮拦截者乎?"琪

前文借口说"事冗行忙",此处则说"不受节制",说得更加直接痛快。

① 解厄(è):解救危难。

· 44 ·

第五回　关云长千里走单骑

曰："你只杀得无名下将，敢杀我么？"关公怒曰："汝比颜良、文丑若何？"秦琪大怒，纵马提刀，直取关公。二马相交，只一合，关公刀起，秦琪头落。关公曰："当吾者已死，余人不必惊走。速备船只，送我渡河。"军士急撑舟傍岸。关公请二嫂上船渡河。渡过黄河，便是袁绍地方。关公所历关隘五处，斩将六员。后人有诗叹曰：

"挂印封金辞汉相，寻兄遥望远途还。

马骑赤兔行千里，刀偃青龙出五关。

忠义慨然冲宇宙，英雄从此震江山。

独行斩将应无敌，今古留题翰墨间。"

> 总结行程，计算欠下曹操的人情账，所欠都将于华容道上一并偿还。

章回小结

关羽过五关斩六将的情节紧张刺激，一波未平一波又起。每一关都有不同的守将和不同的挑战，使故事充满悬念和变化。叙述简洁，对话精练，使情节发展迅速，不拖沓。通过对关羽言行的描写，展现出其忠诚、勇敢、义气和高傲的性格特点。曹操虽放走关羽，但手下将领的阻拦却展现出其集团内部的复杂性，曹操的形象既有爱才的一面，又有无法完全掌控局势的无奈。各守关将领性格各异，有的强硬阻拦，有的设计陷害，凸显出人性的多样。本回将关羽的义薄云天与各守关将领的阻拦和算计进行对比，突出关羽的高尚品质。而且侧面烘托有力，通过他人对关羽的称赞和敬畏，侧面烘托出关羽的威名和不凡气质。伏笔与照应巧妙，如胡华的书信为胡班放走关羽埋下伏笔；关羽斩杀孔秀为后续各关守将的反应做了铺垫。

第六回　以弱胜强官渡之战

导读

张飞从芒砀山出来，占据了古城，关羽也追寻玄德至此。刘备等一行人从袁绍处脱身，三兄弟共聚古城，之后去汝南招兵买马。袁绍欲联合江东的孙策共伐曹操。不料，称霸江东的孙策亡故，其弟孙权继立。曹操封其为将军，并结为外应。由此，袁绍大怒，遂带领七十万大军攻取许昌，官渡之战爆发。袁绍曾多次失去攻打曹操的良机，此次又未能听取谋臣许攸的良策，与胜利失之交臂。然而，他的对手曹操却勇于克服困难，积极听取谋臣的建议，坚决烧乌巢粮仓，最终以弱胜强，显示了曹操的智慧和果断。官渡之战成为历史上以少胜多的典范战例，奠定了曹操统一北方的基础。

> 田丰之谏展现其远见，逢纪之谮凸显其奸佞，袁绍之怒暴露其刚愎自用。

却说袁绍兴兵，望官渡进发。夏侯惇发书告急。曹操起军七万，前往迎敌，留荀彧守许都。绍兵临发，田丰从狱中上书谏曰："今且宜静守以待天时，不可妄兴大兵，恐有不利。"逢纪谮曰："主公兴仁义之师，田丰何得出此不祥之语！"绍因怒，欲斩田丰。众官告免。绍恨曰："待吾破了曹操，明正其罪！"遂催军进发，旌旗遍野，刀剑如林。行至阳武，下定寨栅。沮授曰："我军虽

第六回　以弱胜强官渡之战

众，而勇猛不及彼军；彼军虽精，而粮草不如我军。彼军无粮，利在急战；我军有粮，宜且缓守。若能旷以日月，则彼军不战自败矣。"绍怒曰："田丰慢我军心，吾回日必斩之。汝安敢又如此！"叱左右："将沮授锁禁军中，待我破曹之后，与田丰一体治罪！"于是下令，将大军七十万，东西南北，周围安营，连络九十余里。

细作探知虚实，报至官渡。曹军新到，闻之皆惧。曹操与众谋士商议，荀攸曰："绍军虽多，不足惧也。我军俱精锐之士，无不一以当十。但利在急战。若迁延日月，粮草不敷，事可忧矣。"操曰："所言正合吾意。"遂传令军将鼓噪而进。绍军来迎，两边排成阵势。审配拨弩手一万，伏于两翼；弓箭手五千，伏于门旗内：约炮响齐发。三通鼓罢，袁绍金盔金甲，锦袍玉带，立马阵前。左右排列着张郃、高览、韩猛、淳于琼等诸将。旌旗节钺，甚是严整。曹阵上门旗开处，曹操出马。许褚、张辽、徐晃、李典等，各持兵器，前后拥卫。曹操以鞭指袁绍曰："吾于天子之前，保奏你为大将军，今何故谋反？"绍怒曰："汝托名汉相，实为汉贼！罪恶弥天，甚于莽、卓，乃反诬人造反耶！"操曰："吾今奉诏讨汝！"绍曰："吾奉衣带诏讨贼！"操怒，使张辽出战。张郃跃马来迎。二将斗了四五十合，不分胜负。曹操见了，暗暗称奇。许褚挥刀纵马，直出助战。高览挺枪接住。四员将捉对儿厮杀。曹操令夏侯惇、曹洪，各引三千军，齐冲彼阵。审配见曹军来冲阵，便令放起号炮：两下万弩并发，

兵法所言，知己知彼，百战不殆。沮授能知彼此的优劣，而袁绍不但不用，反而治罪，可惜！

荀攸知己知彼，曹操也知之；沮授知之，袁绍却不知。两相比照，可知孰优孰劣。

为后文收用张郃埋下伏笔。

47

三国演义

中军内弓箭手一齐拥出阵前乱射。曹军如何抵敌，望南急走。袁绍驱兵掩杀，曹军大败，尽退至官渡。袁绍移军逼近官渡下寨。审配曰："今可拨兵十万守官渡，就曹操寨前筑起土山，令军人下视寨中放箭。操若弃此而去，吾得此隘口，许昌可破矣。"绍从之，于各寨内选精壮军人，用铁锹土担，齐来曹操寨边，垒土成山。曹营内见袁军堆筑土山，欲待出去冲突，被审配弓弩手当住咽喉要路，不能前进。十日之内，筑成土山五十余座，上立高橹①，分拨弓弩手于其上射箭。曹军大惧，皆顶着遮箭牌守御。土山上一声梆子响处，箭下如雨。曹军皆蒙楯伏地，袁军呐喊而笑。

曹操见军慌乱，集众谋士问计。刘晔进曰："可作发石车以破之。"操令晔进车式，连夜造发石车数百乘，分布营墙内，正对着土山上云梯。候弓箭手射箭时，营内一齐拽动石车，炮石飞空，往上乱打。人无躲处，弓箭手死者无数。袁军皆号其车为"霹雳车"。由是袁军不敢登高射箭。审配又献一计：令军人用铁锹暗打地道，直透曹营内，号为"掘子军"。曹兵见袁军于山后掘土坑，报知曹操。操又问计于刘晔。晔曰："此袁军不能攻明而攻暗，发掘伏道，欲从地下透营而入耳。"操曰："何以御之？"晔曰："可绕营掘长堑，则彼伏道无用也。"操连夜差军掘堑。袁军掘伏道到堑边，果不能入，空费军力。

曹操在困境中能迅速采纳谋士之计，凸显其善听善用。

①橹：也叫楼橹，一种顶部没有覆盖的望楼性质的军事设置。

第六回　以弱胜强官渡之战

却说曹操守官渡，自八月起，至九月终，军力渐乏，粮草不继。意欲弃官渡退回许昌，迟疑未决，乃作书遣人赴许昌问荀彧。彧以书报之。书略曰："承尊命，使决进退之疑。愚以袁绍悉众聚于官渡，欲与明公决胜负，公以至弱当至强，若不能制，必为所乘：是天下之大机也。绍军虽众，而不能用；以公之神武明哲，何向而不济！今军实虽少，未若楚、汉在荥阳、成皋间也。公今画地而守，扼其喉而使不能进，情见势竭，必将有变。此用奇之时，断不可失。惟明公裁察焉。"曹操得书大喜，令将士效力死守。

> 这是与袁绍争夺天下的关键之时，强调此战的重要性。

绍军约退三十余里，操遣将出营巡哨。有徐晃部将史涣获得袁军细作，解见徐晃。晃问其军中虚实。答曰："早晚大将韩猛运粮至军前接济，先令我等探路。"徐晃便将此事报知曹操。荀攸曰："韩猛匹夫之勇耳。若遣一人引轻骑数千，从半路击之，断其粮草，绍军自乱。"操曰："谁人可往？"攸曰："即遣徐晃可也。"操遂差徐晃将带史涣并所部兵先出，后使张辽、许褚引兵救应。当夜韩猛押粮车数千辆，解赴绍寨。正走之间，山谷内徐晃、史涣引军截住去路。韩猛飞马来战，徐晃接住厮杀。史涣便杀散人夫，放火焚烧粮车。韩猛抵当不住，拨回马走。徐晃催军烧尽辎重。袁绍军中，望见西北上火起，正惊疑间，败军报来："粮草被劫！"绍急遣张郃、高览去截大路，正遇徐晃烧粮而回，恰欲交锋，背后张辽、许褚军到。两下夹攻，杀散袁军，四将合兵一处，回官渡寨中。曹操大喜，重加赏劳。又分军于

> 第一次烧粮，可以看作是乌巢烧粮的预演。

寨前结营，为掎角之势。

却说韩猛败军还营，绍大怒，欲斩韩猛，众官劝免。审配曰："行军以粮食为重，不可不用心提防。乌巢乃屯粮之处，必得重兵守之。"袁绍曰："吾筹策已定。汝可回邺都监督粮草，休教缺乏。"审配领命而去。袁绍遣大将淳于琼，部领督将眭元进、韩莒子、吕威璜、赵睿等，引二万人马，守乌巢。那淳于琼性刚好酒，军士多畏之；既至乌巢，终日与诸将聚饮。且说曹操军粮告竭，急发使往许昌教荀彧作速措办粮草，星夜解赴军前接济。使者赍书而往，行不上三十里，被袁军捉住，缚见谋士许攸。那许攸字子远，少时曾与曹操为友，此时却在袁绍处为谋士。当下搜得使者所赍曹操催粮书信，径来见绍曰："曹操屯军官渡，与我相持已久，许昌必空虚；若分一军星夜掩袭许昌，则许昌可拔，而操可擒也。今操粮草已尽，正可乘此机会，两路击之。"绍曰："曹操诡计极多，此书乃诱敌之计也。"攸曰："今若不取，后将反受其害。"正话间，忽有使者自邺郡来，呈上审配书。书中先说运粮事；后言许攸在冀州时，尝滥受民间财物，且纵令子侄辈多科税，钱粮入己，今已收其子侄下狱矣。绍见书大怒曰："滥行匹夫！尚有面目于吾前献计耶！汝与曹操有旧，想今亦受他财贿，为他作奸细，啜赚①吾军耳！本当斩首，今权且寄头在项！可速退出，今后不许相见！"

---

① 啜赚：欺骗、调唆的意思。

旁注：见一叶而知秋。从韩猛失粮，而知警戒乌巢之粮。

袁绍抓到曹操的信使，许攸因此谋划，这是难得的战机，可惜袁绍错失了。相比之下，曹操抓到了袁绍的细作，荀攸谋划，烧了韩猛运送的粮食。

第六回　以弱胜强官渡之战

许攸出，仰天叹曰："忠言逆耳，竖子不足与谋！吾子侄已遭审配之害，吾何颜复见冀州之人乎！"遂欲拔剑自刎。左右夺剑劝曰："公何轻生至此？袁绍不纳直言，后必为曹操所擒。公既与曹公有旧，何不弃暗投明？"只这两句言语，点醒许攸；于是许攸径投曹操。后人有诗叹曰："本初豪气盖中华，官渡相持枉叹嗟。若使许攸谋见用，山河争得属曹家？"

却说许攸暗步出营，径投曹寨，伏路军人拿住。攸曰："我是曹丞相故友，快与我通报，说南阳许攸来见。"军士忙报入寨中。时操方解衣歇息，闻说许攸私奔到寨，大喜，不及穿履，跣足出迎。遥见许攸，抚掌欢笑，携手共入，操先拜于地。攸慌扶起曰："公乃汉相，吾乃布衣，何谦恭如此？"操曰："公乃操故友，岂敢以名爵相上下乎！"攸曰："某不能择主，屈身袁绍，言不听，计不从，今特弃之来见故人。愿赐收录。"操曰："子远肯来，吾事济矣！愿即教我以破绍之计。"攸曰："吾曾教袁绍以轻骑乘虚袭许都，首尾相攻。"操大惊曰："若袁绍用子言，吾事败矣。"攸曰："公今军粮尚有几何？"操曰："可支一年。"攸笑曰："恐未必。"操曰："有半年耳。"攸拂袖而起，趋步出帐曰："吾以诚相投，而公见欺如是，岂吾所望哉！"操挽留曰："子远勿嗔，尚容实诉：军中粮实可支三月耳。"攸笑曰："世人皆言孟德奸雄，今果然也。"操亦笑曰："岂不闻兵不厌诈！"遂附耳低言曰："军中止有此月之粮。"

> 动作描写。写出曹操惊喜的心情和对人才的重视。在用人上，曹操的不拘一格，与袁绍的重繁文缛节大不相同。袁绍的怒骂，与曹操的礼敬形成比照。

> 精彩的语言描写。许攸一步步逼问曹操军粮的实情，既道出了事件的曲折，又能表现出曹操的奸诈。用曹操之口，证明许攸的真知灼见。

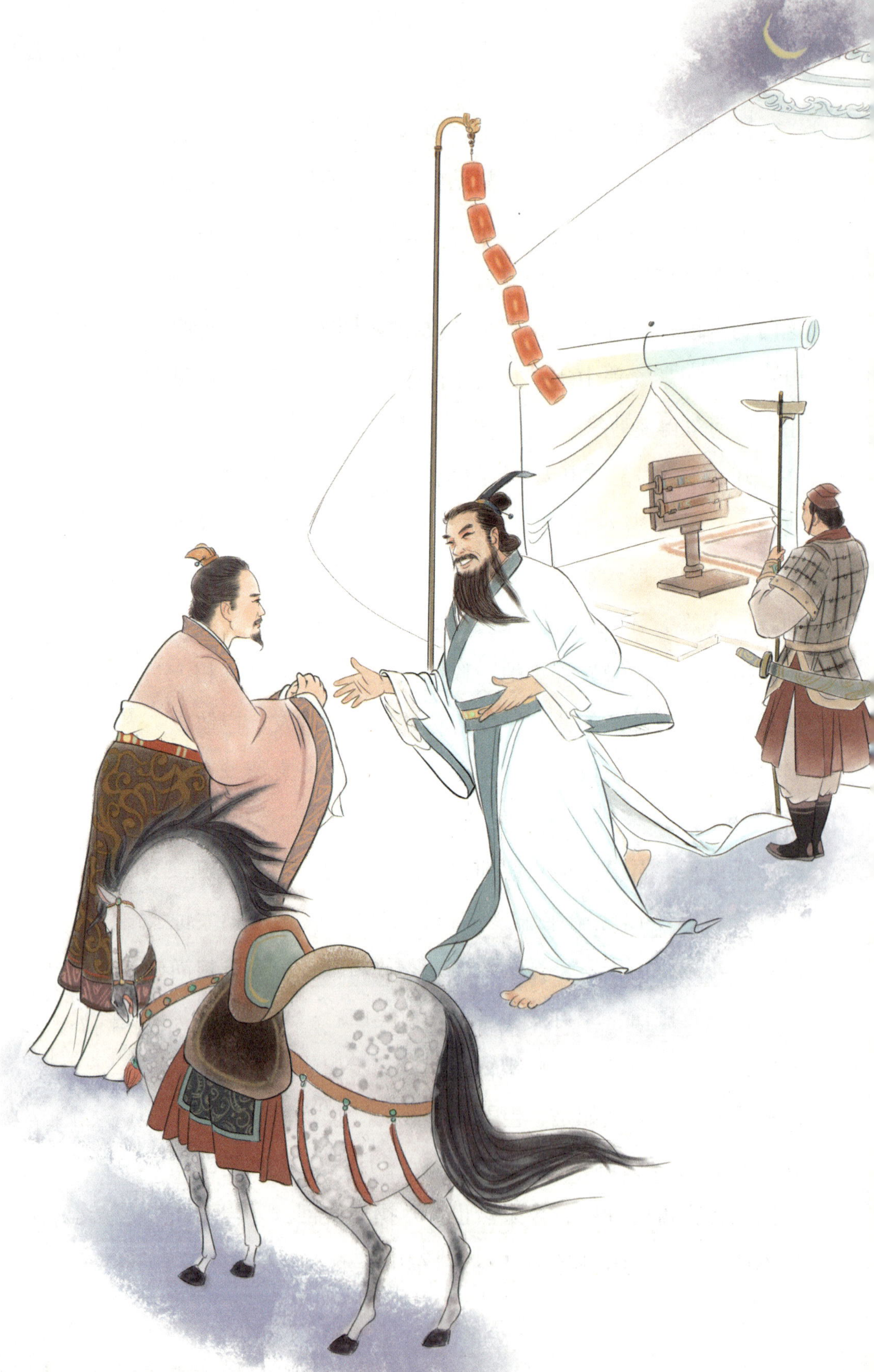

第六回　以弱胜强官渡之战

攸大声曰："休瞒我！粮已尽矣！"操愕然曰："何以知之？"攸乃出操与荀彧之书以示之曰："此书何人所写？"操惊问曰："何处得之？"攸以获使之事相告。操执其手曰："子远既念旧交而来，愿即有以教我。"攸曰："明公以孤军抗大敌，而不求急胜之方，此取死之道也。攸有一策，不过三日，使袁绍百万之众，不战自破。明公还肯听否？"操喜曰："愿闻良策。"攸曰："袁绍军粮辎重，尽积乌巢，今拨淳于琼守把，琼嗜酒无备。公可选精兵诈称袁将蒋奇领兵到彼护粮，乘间烧其粮草辎重，则绍军不三日将自乱矣。"操大喜，重待许攸，留于寨中。

次日，操自选马步军士五千，准备往乌巢劫粮。张辽曰："袁绍屯粮之所，安得无备？丞相未可轻往，恐许攸有诈。"操曰："不然，许攸此来，天败袁绍。今吾军粮不给，难以久持；若不用许攸之计，是坐而待困也。彼若有诈，安肯留我寨中？且吾亦欲劫寨久矣。今劫粮之举，计在必行，君请勿疑。"辽曰："亦须防袁绍乘虚来袭。"操笑曰："吾已筹之熟矣。"便教荀攸、贾诩、曹洪同许攸守大寨，夏侯惇、夏侯渊领一军伏于左，曹仁、李典领一军伏于右，以备不虞。教张辽、许褚在前，徐晃、于禁在后，操自引诸将居中：共五千人马，打着袁军旗号，军士皆束草负薪，人衔枚，马勒口①，黄昏时分，望乌巢进发。是夜星光满天。

> 以张辽之语，使得叙事略有曲折，也衬托出曹操对许攸的信赖。

> 忙中偷闲的一笔，照亮了曹军的转机。

---

① 人衔枚，马勒口：行军时军士口里横衔着"枚"（筋状物，一端用绳系在脖上），马匹勒紧嘴，防止喧哗和马嘶，以免敌方发觉。

且说沮授被袁绍拘禁在军中，是夜因见众星朗列，乃命监者引出中庭，仰观天象。忽见太白逆行，侵犯牛、斗之分，大惊曰："祸将至矣！"遂连夜求见袁绍。时绍已醉卧，听说沮授有密事启报，唤入问之。授曰："适观天象，见太白逆行于柳、鬼之间，流光射入牛、斗之分，恐有贼兵劫掠之害。乌巢屯粮之所，不可不提备。宜速遣精兵猛将，于间道山路巡哨，免为曹操所算。"绍怒叱曰："汝乃得罪之人，何敢妄言惑众！"因叱监者曰："吾令汝拘囚之，何敢放出！"遂命斩监者，别唤人监押沮授。授出，掩泪叹曰："我军亡在旦夕，我尸骸不知落何处也！"后人有诗叹曰："逆耳忠言反见仇，独夫袁绍少机谋。乌巢粮尽根基拔，犹欲区区守冀州。"

却说曹操领兵夜行，前过袁绍别寨，寨兵问是何处军马。操使人应曰："蒋奇奉命往乌巢护粮。"袁军见是自家旗号，遂不疑惑。凡过数处，皆诈称蒋奇之兵，并无阻碍。及到乌巢，四更已尽。操教军士将束草周围举火，众将校鼓噪直入。时淳于琼方与众将饮了酒，醉卧帐中；闻鼓噪之声，连忙跳起问："何故喧闹？"言未已，早被挠钩拖翻。眭元进、赵睿运粮方回，见屯上火起，急来救应。曹军飞报曹操，说："贼兵在后，请分军拒之。"操大喝曰："诸将只顾奋力向前，待贼至背后，方可回战！"于是众军将无不争先掩杀。一霎时，火焰四起，烟迷太空。眭、赵二将驱兵来救，操勒马回战。二将抵敌不住，皆被曹军所杀，粮草尽行烧绝。淳于琼被擒见操，操

第二次烧粮。前所烧是小粮，此所烧是大粮。

命割去其耳鼻手指,缚于马上,放回绍营以辱之。

却说袁绍在帐中,闻报正北上火光满天,知是乌巢有失,急出帐召文武各官,商议遣兵往救。张郃曰:"某与高览同往救之。"郭图曰:"不可。曹军劫粮,曹操必然亲往;操既自出,寨必空虚,可纵兵先击曹操之寨;操闻之,必速还:此孙膑围魏救赵之计也。"张郃曰:"非也。曹操多谋,外出必为内备,以防不虞。今若攻操营而不拔,琼等见获,吾属皆被擒矣。"郭图曰:"曹操只顾劫粮,岂留兵在寨耶!"再三请劫曹营。绍乃遣张郃、高览引军五千,往官渡击曹营;遣蒋奇领兵一万,往救乌巢。且说曹操杀散淳于琼部卒,尽夺其衣甲旗帜,伪作淳于琼部下收军回寨,至山僻小路,正遇蒋奇军马。奇军问之,称是乌巢败军奔回,奇遂不疑,驱马经过。张辽、许褚忽至,大喝:"蒋奇休走!"奇措手不及,被张辽斩于马下,尽杀蒋奇之兵。又使人当先伪报云:"蒋奇已自杀散乌巢兵了。"袁绍因不复遣人接应乌巢,只添兵往官渡。

却说张郃、高览攻打曹营,左边夏侯惇,右边曹仁,中路曹洪,一齐冲出:三下攻击,袁军大败。比及接应军到,曹操又从背后杀来,四下围住掩杀。张郃、高览夺路走脱。袁绍收得乌巢败残军马归寨,见淳于琼耳鼻皆无,手足尽落。绍问:"如何失了乌巢?"败军告说:"淳于琼醉卧,因此不能抵敌。"绍怒,立斩之。郭图恐张郃、高览回寨证对是非,先于袁绍前谮曰:"张郃、高览见主公兵败,心中必喜。"绍曰:"何出此言?"图曰:"二人素有降曹之意,今遣击寨,故意不肯用力,以致损折士卒。"绍大怒,遂遣使急召二人归寨问罪。郭图先使人报二人云:"主公将杀汝矣。"及绍使至,高览问曰:"主公唤我等为何?"使者曰:"不知何故。"览遂拔剑斩来使。郃大惊。览曰:"袁绍听信谗言,必为曹操所擒;吾等岂可坐而待死?不如去投曹操。"郃曰:"吾亦有此心久矣。"于是二人领本部兵马,往曹操寨中投降。夏侯惇曰:"张、高二人来降,未知虚实。"操曰:"吾以恩遇之,虽有异心,亦可变矣。"遂开营门命二人入。二人倒戈卸甲,拜伏于地。操曰:"若使袁绍肯从二将军之言,不至有败。今二将军肯来相投,如微子去殷①,韩信归汉也。"遂封张郃为偏将军、都亭侯,高览为偏将军、东莱侯。二人大喜。

却说袁绍既去了许攸,又去了张郃、高览,又失了乌巢粮,军心皇皇。许攸又劝曹操作速进兵;张郃、高览请为先锋;操从之。即令张郃、高览领兵往劫绍寨。当夜三更时分,出军三路劫寨。混战到明,各自收兵,绍军折其大半。荀攸献计曰:"今可扬言调拨人马,一路取酸枣,攻邺郡;一路取黎阳,断袁兵归路。袁绍闻之,必然惊惶,分兵拒我;我乘其兵动时击之,绍可破也。"操用其计,使大小三军,四远扬言。绍军闻此信,来寨中报说:"曹操分兵两路:一路取邺郡,一路取黎阳去也。"绍大惊,急遣袁谭分兵五万救邺郡,辛明分兵五万救黎阳,连夜起行。曹操探知袁绍兵动,便分大队军马,八路齐出,直冲绍营。袁军俱无斗志,四散奔走,遂大溃。袁绍披甲不迭,单衣幅巾上马;幼子袁尚后随。张辽、许褚、徐

以敌攻敌。照应前文"吾亦欲劫寨久矣"一句。

此是虚言,以扰乱军心,分割军力。乘机破敌,才是实情。

---

① 微子去殷:微子,商(殷)纣之兄,纣暴虐无道,微子谏而不听,就离开了商朝。去,离而他往。

第六回　以弱胜强官渡之战

晃、于禁四员将，引军追赶袁绍。绍急渡河，尽弃图书车仗金帛，止引随行八百余骑而去。操军追之不及，尽获遗下之物。所杀八万余人，血流盈沟，溺水死者不计其数。

操获全胜，将所得金宝缎匹，给赏军士。于图书中检出书信一束，皆许都及军中诸人与绍暗通之书。左右曰："可逐一点对姓名，收而杀之。"操曰："当绍之强，孤亦不能自保，况他人乎？"遂命尽焚之，更不再问。

理解他人，这是曹操的包容，也是他的高明之处。

章回小结

战争局势不断变化，充满悬念。情节一波三折，扣人心弦。通过对战场环境、双方军队士气等的描写，烘托出紧张激烈的战争气氛。文中充满了各种智谋和策略的运用，如曹操的声东击西、许攸的烧粮之计等，展现了战争的复杂性和谋略的重要性。对曹操军队劫乌巢时的细节描写，生动地展现了军队行动的隐秘和谨慎。对比描写上也很突出，曹操的善纳良言与袁绍的拒谏饰非形成鲜明对比，曹操军队的团结一心与袁绍军队内部的勾心斗角对比明显。人物形象生动：曹操机智、果断、善于用人，礼贤下士；袁绍优柔寡断、刚愎自用、不能明辨是非。

三国演义

第七回　三顾茅庐隆中对

导读

　　官渡之战，曹操大败袁绍，并一举打败了袁绍的三个儿子（袁谭、袁熙、袁尚），袁绍父子势力灰飞烟灭，曹操统一了北方。寄居在汝南的刘备被曹操打败，不得已投奔了刘表。在新野的刘备邂逅了水镜先生司马徽，得知这些年之所以颠沛流离，不是时运不济，而是没有得到可以辅佐自己的贤才。如果能得到"卧龙"（诸葛亮）、"凤雏"（庞统）其中的一人辅佐，便可以安定天下。很快，刘备得到了徐庶的青睐，并打了两个大胜仗。可惜的是，曹操骗取了徐庶。在送别之时，徐庶向刘备推荐了诸葛亮，于是便有了三顾茅庐和隆中对的故事。今天，三顾茅庐的故事仍为人们津津乐道，赞扬了明主刘备对贤才的尊重和渴望。

　　次日，玄德同关、张并从人等来隆中。遥望山畔数人，荷锄耕于田间，而作歌曰："苍天如圆盖，陆地似棋局；世人黑白分，往来争荣辱；荣者自安安，辱者定碌碌。南阳有隐居，高眠卧不足！"玄德闻歌，勒马唤农夫问曰："此歌何人所作？"答曰："乃卧龙先生所作也。"玄德曰："卧龙先生住何处？"农夫曰："自此山

以农夫之歌引出诸葛亮，侧面烘托其才华。

第七回　三顾茅庐隆中对

之南，一带高冈，乃卧龙冈也。冈前疏林内茅庐中，即诸葛先生高卧之地。"玄德谢之，策马前行。不数里，遥望卧龙冈，果然清景异常。玄德来到庄前，下马亲叩柴门，一童出问。玄德曰："汉左将军宜城亭侯领豫州牧皇叔刘备，特来拜见先生。"童子曰："我记不得许多名字。"玄德曰："你只说刘备来访。"童子曰："先生今早少出。"玄德曰："何处去了？"童子曰："踪迹不定，不知何处去了。"玄德曰："几时归？"童子曰："归期亦不定，或三五日，或十数日。"玄德惆怅不已。张飞曰："既不见，自归去罢了。"玄德曰："且待片时。"云长曰："不如且归，再使人来探听。"玄德从其言，嘱付童子："如先生回，可言刘备拜访。"

遂上马，行数里，勒马回观隆中景物，果然山不高而秀雅，水不深而澄清；地不广而平坦，林不大而茂盛；猿鹤相亲，松篁交翠。观之不已，忽见一人，容貌轩昂，丰姿俊爽，头戴逍遥巾，身穿皂布袍，杖藜从山僻小路而来。玄德曰："此必卧龙先生也！"急下马向前施礼，问曰："先生非卧龙否？"其人曰："将军是谁？"玄德曰："刘备也。"其人曰："吾非孔明，乃孔明之友博陵崔州平也。"玄德曰："久闻大名，幸得相遇。乞即席地权坐，请教一言。"二人对坐于林间石上，关、张侍立于侧。州平曰："将军何故欲见孔明？"玄德曰："方今天下大乱，四方云扰，欲见孔明，求安邦定国之策耳。"州平笑曰："公以定乱为主，虽是仁心，但自古以来，治

对比张飞的急躁和刘备的耐心，凸显刘备求贤之诚。

回望中的隆中印象，写出了刘备的留恋。来人如此气质，应该是诸葛亮，却又不是，使故事情节曲折。这是陪衬诸葛亮的第一人。

崔州平的言论展现出其对世事的洞察，也为刘备的坚持做铺垫。

乱无常。自高祖斩蛇起义，诛无道秦，是由乱而入治也；至哀、平之世二百年，太平日久，王莽篡逆，又由治而入乱；光武中兴，重整基业，复由乱而入治；至今二百年，民安已久，故干戈又复四起：此正由治入乱之时，未可猝定也。将军欲使孔明斡旋①天地，补缀②乾坤，恐不易为，徒费心力耳。岂不闻顺天者逸，逆天者劳；数之所在，理不得而夺之；命之所在，人不得而强之乎？"玄德曰："先生所言，诚为高见。但备身为汉胄，合当匡扶汉室，何敢委之数与命？"州平曰："山野之夫，不足与论天下事，适承明问，故妄言之。"玄德曰："蒙先生见教。但不知孔明往何处去了？"州平曰："吾亦欲访之，正不知其何往。"玄德曰："请先生同至敝县，若何？"州平曰："愚性颇乐闲散，无意功名久矣；容他日再见。"言讫，长揖而去。玄德与关、张上马而行。张飞曰："孔明又访不着，却遇此腐儒，闲谈许久！"玄德曰："此亦隐者之言也。"

三人回至新野，过了数日，玄德使人探听孔明。回报曰："卧龙先生已回矣。"玄德便教备马。张飞曰："量一村夫，何必哥哥自去，可使人唤来便了。"玄德叱曰："汝岂不闻孟子云：欲见贤而不以其道，犹欲其入而闭之门也。孔明当世大贤，岂可召乎！"遂上马再往访孔明。关、张亦乘马相随。时值隆冬，天气严寒，彤云密布。行

① 斡（wò）旋：这里是挽回、转变的意思。
② 补缀：缝补破裂的衣服。

第七回 三顾茅庐隆中对

无数里，忽然朔风凛凛，瑞雪霏霏；山如玉簇，林似银妆。张飞曰："天寒地冻，尚不用兵，岂宜远见无益之人乎！不如回新野以避风雪。"玄德曰："吾正欲使孔明知我殷勤之意。如弟辈怕冷，可先回去。"飞曰："死且不怕，岂怕冷乎！但恐哥哥空劳神思。"玄德曰："勿多言，只相随同去。"将近茅庐，忽闻路傍酒店中有人作歌。玄德立马听之。其歌曰："壮士功名尚未成，呜呼久不遇阳春！君不见东海老叟辞荆榛，后车遂与文王亲；八百诸侯不期会，白鱼入舟涉孟津；牧野一战血流杵，鹰扬伟烈冠武臣。又不见高阳酒徒起草中，长揖芒砀隆准公[①]；高谈王霸惊人耳，辍洗延坐钦英风；东下齐城七十二，天下无人能继踪。二人功迹尚如此，至今谁肯论英雄？"歌罢，又有一人击桌而歌。其歌曰："吾皇提剑清寰海，创业垂基四百载；桓灵季业火德衰，奸臣贼子调鼎鼐。青蛇飞下御座傍，又见妖虹降玉堂；群盗四方如蚁聚，奸雄百辈皆鹰扬，吾侪长啸空拍手，闷来村店饮村酒；独善其身尽日安，何须千古名不朽！"

> 对张飞的描写愈加衬托刘备。

二人歌罢，抚掌大笑。玄德曰："卧龙其在此间乎！"遂下马入店。见二人凭桌对饮：上首者白面长须，下首者清奇古貌。玄德揖而问曰："二公谁是卧龙先生？"长须者曰："公何人？欲寻卧龙何干？"玄

[①] 隆准公：对汉高祖刘邦的别称。隆，高大；准，鼻子。据说刘邦的鼻子生得很高大，故有此称。

德曰："某乃刘备也。欲访先生，求济世安民之术。"长须者曰："我等非卧龙，皆卧龙之友也：吾乃颍川石广元，此位是汝南孟公威。"玄德喜曰："备久闻二公大名，幸得邂逅①。今有随行马匹在此，敢请二公同往卧龙庄上一谈。"广元曰："吾等皆山野慵懒之徒，不省治国安民之事，不劳下问。明公请自上马，寻访卧龙。"

> 陪衬诸葛亮出场的第二、三人。

玄德乃辞二人，上马投卧龙冈来。到庄前下马，扣门问童子曰："先生今日在庄否？"童子曰："现在堂上读书。"玄德大喜，遂跟童子而入。至中门，只见门上大书一联云："淡泊以明志，宁静而致远。"玄德正看间，忽闻吟咏之声，乃立于门侧窥之，见草堂之上，一少年拥炉抱膝，歌曰："凤翱翔于千仞兮，非梧不栖；士伏处于一方兮，非主不依。乐躬耕于陇亩兮，吾爱吾庐；聊寄傲于琴书兮，以待天时。"

玄德待其歌罢，上草堂施礼曰："备久慕先生，无缘拜会。昨因徐元直称荐，敬至仙庄，不遇空回。今特冒风雪而来，得瞻道貌，实为万幸。"那少年慌忙答礼曰："将军莫非刘豫州，欲见家兄否？"玄德惊讶曰："先生又非卧龙耶？"少年曰："某乃卧龙之弟诸葛均也。愚兄弟三人：长兄诸葛瑾，现在江东孙仲谋处为幕宾；孔明乃二家兄。"玄德曰："卧龙今在

> 陪衬诸葛亮出场的第四人。

---

① 邂逅：突然遇见。

第七回 三顾茅庐隆中对

家否？"均曰："昨为崔州平相约，出外闲游去矣。"玄德曰："何处闲游？"均曰："或驾小舟游于江湖之中，或访僧道于山岭之上，或寻朋友于村落之间，或乐琴棋于洞府之内：往来莫测，不知去所。"玄德曰："刘备直如此缘分浅薄，两番不遇大贤！"均曰："少坐献茶。"张飞曰："那先生既不在，请哥哥上马。"玄德曰："我既到此间，如何无一语而回？"因问诸葛均曰："闻令兄卧龙先生熟谙韬略，日看兵书，可得闻乎？"均曰："不知。"张飞曰："问他则甚！风雪甚紧，不如早归。"玄德叱止之。均曰："家兄不在，不敢久留车骑；容日却来回礼。"玄德曰："岂敢望先生枉驾。数日之后，备当再至。愿借纸笔作一书，留达令兄，以表刘备殷勤之意。"均遂进文房四宝。玄德呵开冻笔，拂展云笺，写书曰："备久慕高名，两次晋谒，不遇空回，惆怅何似！窃念备汉朝苗裔，滥叨名爵，伏睹朝廷陵替①，纲纪崩摧，群雄乱国，恶党欺君，备心胆俱裂。虽有匡济之诚，实乏经纶之策。仰望先生仁慈忠义，慨然展吕望之大才，施子房之鸿略，天下幸甚！社稷幸甚！先此布达，再容斋戒薰沐，特拜尊颜，面倾鄙悃。统希鉴原。"

玄德写罢，递与诸葛均收了，拜辞出门。均送出，玄德再三殷勤致意而别。方上马欲行，忽见童子招手篱外，叫曰："老先生来也。"玄德视之，见小桥之西，一人暖

运用排比的修辞手法，展现了诸葛亮闲云野鹤般的生活，增添了其人的神秘性。

第一次通名，第二次致书，心情逐渐迫切，距离变近。

用白描的手法，寥寥几笔，便在眼前呈现了一幅画。

---

①陵替：衰微低落。指汉王朝统治衰微，权力减弱。

帽遮头，狐裘蔽体，骑着一驴，后随一青衣小童，携一葫芦酒，踏雪而来；转过小桥，口吟诗一首。诗曰："一夜北风寒，万里彤云厚。长空雪乱飘，改尽江山旧。仰面观火虚，疑是玉龙斗。纷纷鳞甲飞，顷刻遍宇宙。骑驴过小桥，独叹梅花瘦！"玄德闻歌曰："此真卧龙矣！"滚鞍下马，向前施礼曰："先生冒寒不易！刘备等候久矣！"那人慌忙下驴答礼。

> 陪衬诸葛亮出场的第五人。

诸葛均在后曰："此非卧龙家兄，乃家兄岳父黄承彦也。"玄德曰："适间所吟之句，极其高妙。"承彦曰："老夫在小婿家观《梁父吟》，记得这一篇；适过小桥，偶见篱落间梅花，故感而诵之。不期为尊客所闻。"玄德曰："曾见令婿否？"承彦曰："便是老夫也来看他。"玄德闻言，辞别承彦，上马而归。正值风雪又大，回望卧龙冈，悒怏①不已。后人有诗单道玄德风雪访孔明。诗曰："一天风雪访贤良，不遇空回意感伤。冻合溪桥山石滑，寒侵鞍马路途长。当头片片梨花落，扑面纷纷柳絮狂。回首停鞭遥望处，烂银堆满卧龙冈。"

玄德回新野之后，光阴荏苒②，又早新春。乃令卜者揲蓍③，选择吉期，斋戒三日，薰沐更衣，再往卧龙冈谒孔明。关、张闻之不悦，遂一齐入谏玄德。正是：高贤未服

---

① 悒怏（yì yāng）：愁闷不乐的意思。
② 荏苒（rěn rǎn）：时间渐逝的意思。
③ 揲蓍（shé shī）：卜卦的一种方式：把四十九根蓍草分作两部分，然后四根一数，以定阴爻或阳爻，推知"吉凶祸福"。

第七回　三顾茅庐隆中对

英雄志，屈节偏生杰士疑。

却说玄德访孔明两次不遇，欲再往访之。关公曰："兄长两次亲往拜谒，其礼太过矣。想诸葛亮有虚名而无实学，故避而不敢见。兄何惑于斯人之甚也！"玄德曰："不然。昔齐桓公欲见东郭野人，五反而方得一面①。况吾欲见大贤耶？"张飞曰："哥哥差矣。量此村夫，何足为大贤；今番不须哥哥去；他如不来，我只用一条麻绳缚将来！"玄德叱曰："汝岂不闻周文王谒姜子牙之事乎？文王且如此敬贤，汝何太无礼！今番汝休去，我自与云长去。"飞曰："既两位哥哥都去，小弟如何落后！"玄德曰："汝若同往，不可失礼。"飞应诺。

于是三人乘马引从者往隆中。离草庐半里之外，玄德便下马步行，正遇诸葛均。玄德忙施礼，问曰："令兄在庄否？"均曰："昨暮方归。将军今日可与相见。"言罢，飘然自去。玄德曰："今番侥幸得见先生矣！"张飞曰："此人无礼！便引我等到庄也不妨，何故竟自去了！"玄德曰："彼各有事，岂可相强。"三人来到庄前叩门，童子开门出问。玄德曰："有劳仙童转报：刘备专来拜见先生。"童子曰："今日先生虽在家，但今在草堂上昼寝未醒。"玄德曰："既如此，且休通报。"分付关、张二人，只在门首等着。玄德徐步而入，见先生仰卧于草堂几席之上。玄德拱立阶下。半晌，先生未醒。

再生波澜，而非平铺直叙，引人入胜。

---

① 齐桓公欲见东郭野人，五反而方得一面：春秋时齐桓公亲自去看一个小臣，三次都没见着。旁人劝他不要去了，他不听，第五次去才终于得见。

65

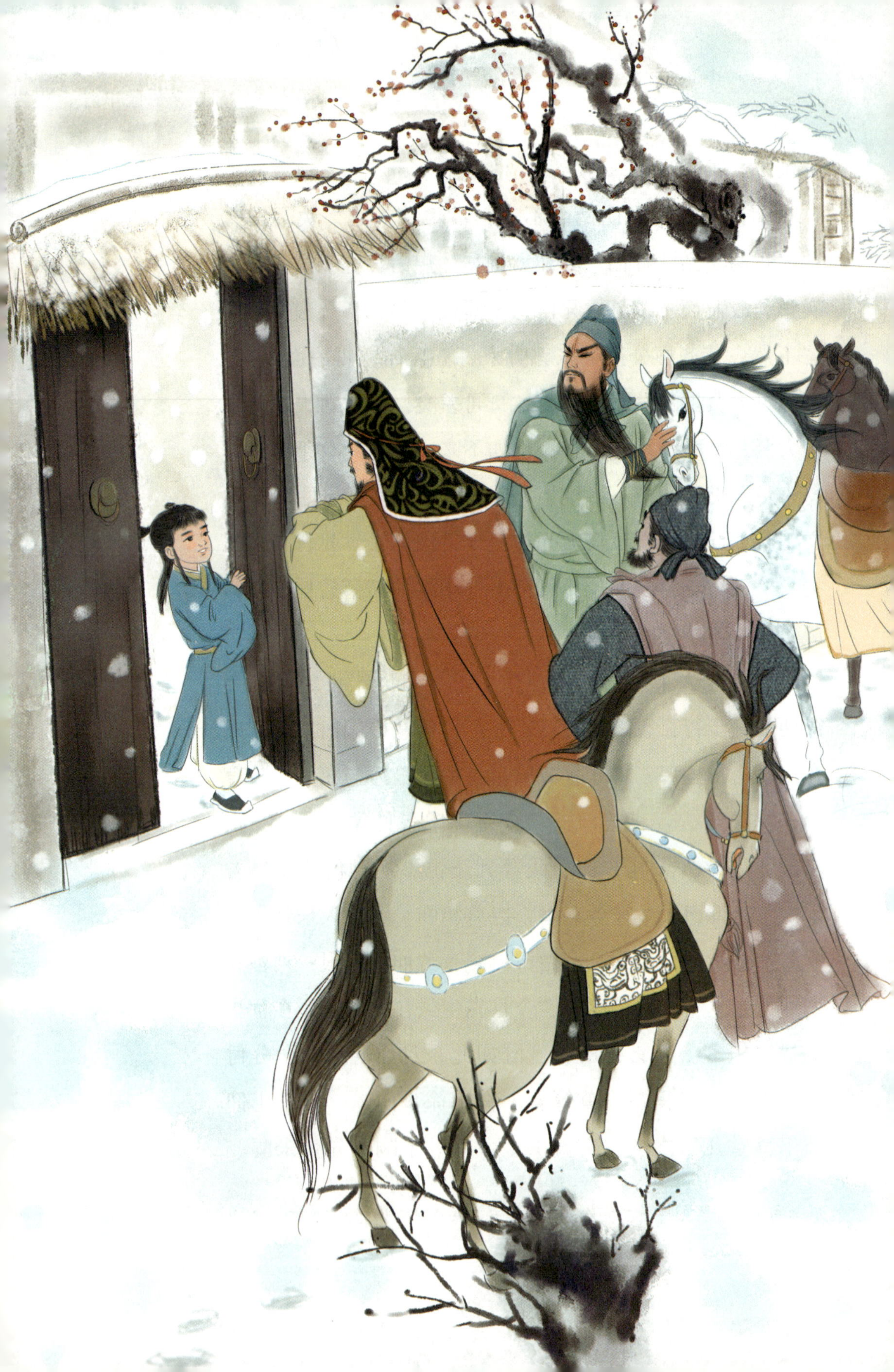

第七回 三顾茅庐隆中对

关、张在外立久,不见动静,入见玄德犹然侍立。张飞大怒,谓云长曰:"这先生如何傲慢!见我哥哥侍立阶下,他竟高卧,推睡不起!等我去屋后放一把火,看他起不起!"云长再三劝住。玄德仍命二人出门外等候。望堂上时,见先生翻身将起,忽又朝里壁睡着。童子欲报。玄德曰:"且勿惊动。"又立了一个时辰,孔明才醒,口吟诗曰:"大梦谁先觉?平生我自知。草堂春睡足,窗外日迟迟。"孔明吟罢,翻身问童子曰:"有俗客来否?"童子曰:"刘皇叔在此,立候多时。"孔明乃起身曰:"何不早报!尚容更衣。"遂转入后堂。又半晌,方整衣冠出迎。

> 诸葛亮的矜持,欲考验刘备的诚心。

玄德见孔明身长八尺,面如冠玉,头戴纶巾①,身披鹤氅,飘飘然有神仙之概。玄德下拜曰:"汉室末胄、涿郡愚夫,久闻先生大名,如雷贯耳。昨两次晋谒,不得一见,已书贱名于文几,未审得入览否?"孔明曰:"南阳野人,疏懒性成,屡蒙将军枉临,不胜愧赧。"二人叙礼毕,分宾主而坐,童子献茶。茶罢,孔明曰:"昨观书意,足见将军忧民忧国之心;但恨亮年幼才疏,有误下问。"玄德曰:"司马德操之言,徐元直之语,岂虚谈哉?望先生不弃鄙贱,曲赐教诲。"孔明曰:"德操、元直,世之高士。亮乃一耕夫耳,安敢谈天下事?二公谬举矣。将军奈何舍美玉而求顽石乎?"玄德曰:"大

> 几经周折,至此,孔明才露出尊容。小说借用刘备的眼睛,描绘出了他的形象。

---

① 纶(guān)巾:用丝带制成的一种冠巾,后来又名"诸葛巾"。

丈夫抱经世奇才，岂可空老于林泉之下？愿先生以天下苍生为念，开备愚鲁而赐教。"孔明笑曰："愿闻将军之志。"玄德屏人促席而告曰："汉室倾颓，奸臣窃命，备不量力，欲伸大义于天下，而智术浅短，迄无所就。惟先生开其愚而拯其厄，实为万幸！"孔明曰："自董卓造逆以来，天下豪杰并起。曹操势不及袁绍，而竟能克绍者，非惟天时，抑亦人谋也。今操已拥百万之众，挟天子以令诸侯，此诚不可与争锋。孙权据有江东，已历三世，国险而民附，此可用为援而不可图也。荆州北据汉、沔，利尽南海，东连吴会，西通巴、蜀，此用武之地，非其主不能守；是殆天所以资将军，将军岂有意乎？益州险塞，沃野千里，天府之国，高祖因之以成帝业；今刘璋暗弱，民殷国富，而不知存恤，智能之士，思得明君。将军既帝室之胄，信义著于四海，总揽英雄，思贤如渴，若跨有荆、益，保其岩阻，西和诸戎，南抚彝、越，外结孙权，内修政理；待天下有变，则命一上将将荆州之兵以向宛、洛，将军身率益州之众以出秦川，百姓有不箪食壶浆以迎将军者乎？诚如是，则大业可成，汉室可兴矣。此亮所以为将军谋者也。惟将军图之。"言罢，命童子取出画一轴，挂于中堂，指谓玄德曰："此西川五十四州之图也。将军欲成霸业，北让曹操占天时，南让孙权占地利，将军可占人和。先取荆州为家，后即取西川建基业，以成鼎足之势，然后可图中原也。"

玄德闻言，避席拱手谢曰："先生之言，顿开茅塞，

先说曹操的北方地区、孙权的江东地区不可取，接着说可取的是荆州、益州，再说应该结交孙权，鼎足之势可成。这就是孔明的"隆中对"。

第七回 三顾茅庐隆中对

使备如拨云雾而睹青天。但荆州刘表、益州刘璋，皆汉室宗亲，备安忍夺之？"孔明曰："亮夜观天象，刘表不久人世；刘璋非立业之主：久后必归将军。"玄德闻言，顿首拜谢。只这一席话，乃孔明未出茅庐，已知三分天下，真万古之人不及也！后人有诗赞曰："豫州当日叹孤穷，何幸南阳有卧龙！欲识他年分鼎处，先生笑指画图中。"

> 刘备对诸葛亮见解的钦佩，突出"隆中对"的重要性。

玄德拜请孔明曰："备虽名微德薄，愿先生不弃鄙贱，出山相助。备当拱听明诲。"孔明曰："亮久乐耕锄，懒于应世，不能奉命。"玄德泣曰："先生不出，如苍生何！"言毕，泪沾袍袖，衣襟尽湿。孔明见其意甚诚，乃曰："将军既不相弃，愿效犬马之劳。"玄德大喜，遂命关、张入，拜献金帛礼物。孔明固辞不受。玄德曰："此非聘大贤之礼，但表刘备寸心耳。"孔明方受。于是玄德等在庄中共宿一宵。次日，诸葛均回，孔明嘱付曰："吾受刘皇叔三顾之恩，不容不出。汝可躬耕于此，勿得荒芜田亩。待我功成之日，即当归隐。"

> 方出山便思退路，是真淡泊宁静之人。

章回小结

在刘备正式见到诸葛亮之前，通过一路上遇到的农夫、崔州平等人，以及听到的歌谣、对话等，不断渲染诸葛亮的神秘和不凡，这为刘备最终见到诸葛亮时的重要情节进行了铺垫，充分激发读者的阅读期待。以张飞的鲁莽急躁衬托刘备的求贤若渴和礼贤下士，用他人对天下局势的看法与诸葛亮的"隆中对"相对比，凸显诸葛亮的高瞻远瞩和雄才大略。对刘备的动作、语言、神态等的细节描写，生动地展现了他的真诚和谦逊。诸葛亮睡醒后的言语、动作等，表现出其随性和自信。文中对隆冬雪景的描写，既营造了寒冷的氛围，又衬托出刘备求贤的决心不受恶劣环境的影响，做到了情景交融。每个人物的语言都符合其性格特点，刘备的言辞恳切，张飞的直言快语，诸葛亮的分析透彻且富有智慧，使人物形象跃然纸上。

第八回　赵子龙长坂坡救主

导读

孙权做了江东之主，政权稳定，在甘宁的帮助下，斩杀了黄祖，为父报了仇。江东兴盛起来。刘备得到了诸葛亮，以老师之礼待之。他对关、张说："吾得孔明，犹鱼之得水也。"博望坡火攻，诸葛亮大败夏侯惇，初露锋芒。曹操想扫平江南，开始大举进攻刘备。此时，刘表病逝，荆州政权被刘琮母子窃取。虽然诸葛亮火烧新野，击败了曹仁、曹洪，但刘备不愿乘人之危，夺取荆州以抗击曹操，只能撤退。刘琮母子投降了曹操，却身死曹操之手。在退往江陵的途中，刘备不忍丢下跟随自己的百姓，被曹操追着打。这就是此回故事的背景。长坂坡血战让赵子龙声名鹊起，小说借助于一系列的事件，写出了赵子龙的忠心、骁勇和智慧。

却说玄德引十数万百姓、三千余军马，一程程挨着往江陵进发。赵云保护老小，张飞断后。孔明曰："云长往江夏去了，绝无回音，不知若何。"玄德曰："敢烦军师亲自走一遭。刘琦感公昔日之教，今若见公亲至，事必谐矣。"孔明允诺，便同刘封引五百军先往江夏求救去了。

当日玄德自与简雍、糜竺、糜芳同行。正行间，忽然

> 提及赵云、张飞，作为后文的伏笔。

三国演义

环境描写：渲染紧张的气氛。

处处以百姓为重，写出了刘备的仁爱。

"凉风""黄昏""哭声"营造出凄凉的氛围。

先言百姓，次言诸将、老小，处处以百姓为重，仁义之心尽显。

欲写赵云的忠心，却报赵云降操，欲扬先抑。借糜芳之口，反衬下文。同时，借刘备之口，正衬下文。

一阵狂风就马前刮起，尘土冲天，平遮红日。玄德惊曰："此何兆也？"简雍颇明阴阳，袖占一课，失惊曰："此大凶之兆也。应在今夜。主公可速弃百姓而走。"玄德曰："百姓从新野相随至此，吾安忍弃之？"雍曰："主公若恋而不弃，祸不远矣。"玄德问："前面是何处？"左右答曰："前面是当阳县。有座山名为景山。"玄德便教就此山扎住。

时秋末冬初，凉风透骨；黄昏将近，哭声遍野。至四更时分，只听得西北喊声震地而来。玄德大惊，急上马引本部精兵二千余人迎敌。曹兵掩至，势不可当。玄德死战。正在危迫之际，幸得张飞引军至，杀开一条血路，救玄德望东而走。文聘当先拦住，玄德骂曰："背主之贼，尚有何面目见人！"文聘羞惭满面，引兵自投东北去了。张飞保着玄德，且战且走。奔至天明，闻喊声渐渐远去，玄德方才歇马。看手下随行人，止有百余骑；百姓、老小并糜竺、糜芳、简雍、赵云等一干人，皆不知下落。玄德大哭曰："十数万生灵，皆因恋我，遭此大难；诸将及老小，皆不知存亡；虽土木之人，宁不悲乎！"正凄惶时，忽见糜芳面带数箭，踉跄而来，口言："赵子龙反投曹操去了也！"玄德叱曰："子龙是我故交，安肯反乎？"张飞曰："他今见我等势穷力尽，或者反投曹操，以图富贵耳！"玄德曰："子龙从我于患难，心如铁石，非富贵所能动摇也。"糜芳曰："我亲见他投西北去了。"张飞曰："待我亲自寻他去。若撞见时，一枪刺死！"玄德

第八回 赵子龙长坂坡救主

曰："休错疑了。岂不见你二兄诛颜良、文丑之事乎？子龙此去，必有事故。吾料子龙必不弃我也。"张飞那里肯听，引二十余骑，至长坂桥。见桥东有一带树木，飞生一计：教所从二十余骑，都砍下树枝，拴在马尾上，在树林内往来驰骋，冲起尘土，以为疑兵。飞却亲自横矛立马于桥上，向西而望。

却说赵云自四更时分，与曹军厮杀，往来冲突，杀至天明，寻不见玄德，又失了玄德老小。云自思曰："主公将甘、糜二夫人与小主人阿斗，托付在我身上；今日军中失散，有何面目去见主人？不如去决一死战，好歹要寻主母与小主人下落！"回顾左右，只有三四十骑相随。云拍马在乱军中寻觅，二县百姓号哭之声震天动地；中箭着枪抛男弃女而走者不计其数。赵云正走之间，见一人卧在草中，视之，乃简雍也。云急问曰："曾见两位主母否？"雍曰："二主母弃了车仗，抱阿斗而走。我飞马赶去，转过山坡，被一将刺了一枪，跌下马来，马被夺了去。我争斗不得，故卧在此。"云乃将从骑所骑之马，借一匹与简雍骑坐；又着二卒扶护简雍先去报与主人："我上天入地，好歹寻主母与小主人来。如寻不见，死在沙场上也！"

说罢，拍马望长坂坡而去。忽一人大叫："赵将军那里去？"云勒马问曰："你是何人？"答曰："我乃刘使君帐下护送车仗的军士，被箭射倒在此。"赵云便问二夫人消息。军士曰："恰才见甘夫人披头跣足，相随一伙

心理描写：道出了赵云不归东南而投西北的缘故。

虚写简雍归报先主，实写赵云继续寻觅。

百姓妇女,投南而走。"云见说,也不顾军士,急纵马望南赶去。只见一伙百姓,男女数百人,相携而走。云大叫曰:"内中有甘夫人否?"夫人在后面望见赵云,放声大哭。云下马插枪而泣曰:"使主母失散,云之罪也!糜夫人与小主人安在?"甘夫人曰:"我与糜夫人被逐,弃了车仗,杂于百姓内步行,又撞见一枝军马冲散。糜夫人与阿斗不知何往。我独自逃生至此。"

正言间,百姓发喊,又撞出一枝军来。赵云拔枪上马看时,面前马上绑着一人,乃糜竺也。背后一将,手提大刀,引着千余军,乃曹仁部将淳于导,拿住糜竺,正要解去献功。赵云大喝一声,挺枪纵马,直取淳于导。导抵敌不住;被云一枪刺落马下,向前救了糜竺,夺得马二匹。云请甘夫人上马,杀开条大路,直送至长坂坡。只见张飞横矛立马于桥上,大叫:"子龙!你如何反我哥哥?"云曰:"我寻不见主母与小主人,因此落后,何言反耶?"飞曰:"若非简雍先来报信,我今见你,怎肯干休也!"云曰:"主公在何处?"飞曰:"只在前面不远。"云谓糜竺曰:"糜子仲保甘夫人先行,待我仍往寻糜夫人与小主人去。"言罢,引数骑再回旧路。

正走之间,见一将手提铁枪,背着一口剑,引十数骑跃马而来。赵云更不打话,直取那将。交马只一合,把那将一枪刺倒,从骑皆走。原来那将乃曹操随身背剑之将夏侯恩也。曹操有宝剑二口:一名"倚天",一名"青釭";倚天剑自佩之,青釭剑令夏侯恩佩之。那青釭剑砍

> 借张飞之口,补叙出简雍已回来报信。

> 补写宝剑的来历,紧张故事之中的闲笔,叙事张弛有度。同时,又为青釭剑的威力无比埋下伏笔。

铁如泥，锋利无比。当时夏侯恩自恃勇力，背着曹操，只顾引人抢夺掳掠。不想撞着赵云，被他一枪刺死，夺了那口剑，看靶上有金嵌"青釭"二字，方知是宝剑也。云插剑提枪，复杀入重围，回顾手下从骑，已没一人，只剩得孤身。云并无半点退心，只顾往来寻觅；但逢百姓，便问糜夫人消息。忽一人指曰："夫人抱着孩儿，左腿上着了枪，行走不得，只在前面墙缺内坐地。"

赵云听了，连忙追寻。只见一个人家，被火烧坏土墙，糜夫人抱着阿斗，坐于墙下枯井之傍啼哭。云急下马伏地而拜。夫人曰："妾得见将军，阿斗有命矣。望将军可怜他父亲飘荡半世，只有这点骨血。将军可护持此子，教他得见父面，妾死无恨！"云曰："夫人受难，云之罪也。不必多言，请夫人上马。云自步行死战，保夫人透出重围。"糜夫人曰："不可！将军岂可无马！此子全赖将军保护。妾已重伤，死何足惜！望将军速抱此子前去，勿以妾为累也。"云曰："喊声将近，追兵已至，请夫人速速上马。"糜夫人曰："妾身委实难去。休得两误。"乃将阿斗递与赵云曰："此子性命全在将军身上！"赵云三回五次请夫人上马，夫人只不肯上马。四边喊声又起。云厉声曰："夫人不听吾言，追军若至，为之奈何？"糜夫人乃弃阿斗于地，翻身投入枯井中而死。后人有诗赞之曰："战将全凭马力多，步行怎把幼君扶？拚将一死存刘嗣，勇决还亏女丈夫。"

赵云见夫人已死，恐曹军盗尸，便将土墙推倒，掩盖枯井。掩讫，解开勒甲绦，放下掩心镜，将阿斗抱护在怀，绰枪上马。早有一将，引一队步军至，乃曹洪部将晏明也，持三尖两刃刀来战赵云。不三合，被赵云一枪刺倒，杀散众军，冲开一条路。正走间，前面又一枝军马拦路。当先一员大将，旗号分明，大书河间张郃。云更不答话，挺枪便战。约十余合，云不敢恋战，夺路而走。背后张郃赶来，云加鞭而行，不想趷跶①一声，连马和人，颠入土坑之内。张郃挺枪来刺，忽然一道红光，从土坑中滚起，那匹马平空一跃，跳出坑外。后人有诗曰："红光罩体困龙飞，征马冲开长坂围。四十二年真命主，将军因得显神威。"张郃见了，大惊而退。赵云纵马正走，背后忽有二将大叫："赵云休走！"前面又有二将，使两般军器，截住去路：后面赶的是马延、张颛，前面阻的是焦触、张南，都是袁绍手下降将。赵云力战四将，曹军一齐拥至。云乃拔青釭剑乱砍，手起处，衣甲平过，血如涌泉。杀退众军将，直透重围。却说曹操在景山顶上，望见一将，所到之处，威不可当，急问左右是谁。曹洪飞马下山大叫曰："军中战将可留姓名！"云应声曰："吾乃常山赵子龙也！"曹洪回报曹操。操曰："真虎将也！吾当生致之。"遂令飞马传报各处："如赵云到，不许放冷箭，只要捉活的。"因此赵云得脱此难；此亦阿斗之福所致也。这一场杀：赵云怀抱后主，直透重围，砍倒大旗两面，夺槊三条；前后枪刺剑砍，杀死曹营名将五十余员。后人有诗曰："血染征袍透甲红，当阳谁敢与争锋！古来冲阵扶危主，只有常山赵子龙。"

赵云当下杀透重围，已离大阵，血满征袍。正行间，山坡下又撞出两枝军，乃夏侯惇部将钟缙、钟绅兄弟二

---

①趷跶（gé tà）：这里是形容跌倒的声音。

第八回　赵子龙长坂坡救主

人，一个使大斧，一个使画戟，大喝："赵云快下马受缚！"正是：才离虎窟逃生去，又遇龙潭鼓浪来。

却说钟缙、钟绅二人拦住赵云厮杀。赵云挺枪便刺，钟缙当先挥大斧来迎。两马相交，战不三合，被云一枪刺落马下，夺路便走。背后钟绅持戟赶来，马尾相衔，那枝戟只在赵云后心内弄影。云急拨转马头，恰好两胸相拍。云左手持枪隔过画戟，右手拔出青釭宝剑砍去，带盔连脑，砍去一半，绅落马而死，余众奔散。赵云得脱，望长坂桥而走，只闻后面喊声大震，原来文聘引军赶来。赵云到得桥边，人困马乏。见张飞挺矛立马于桥上，云大呼曰："翼德援我！"飞曰："子龙速行，追兵我自当之。"

云纵马过桥，行二十余里，见玄德与众人憩于树下。云下马伏地而泣，玄德亦泣。云喘息而言曰："赵云之罪，万死犹轻！糜夫人身带重伤，不肯上马，投井而死，云只得推土墙掩之。怀抱公子，身突重围；赖主公洪福，幸而得脱。适来公子尚在怀中啼哭，此一会不见动静，多是不能保也。"遂解视之，原来阿斗正睡着未醒。云喜曰："幸得公子无恙！"双手递与玄德。玄德接过，掷之于地曰："为汝这孺子，几损我一员大将！"赵云忙向地下抱起阿斗，泣拜曰："云虽肝脑涂地，不能报也！"后人有诗曰："曹操军中飞虎出，赵云怀内小龙眠。无由抚慰忠臣意，故把亲儿掷马前。"

却说文聘引军追赵云至长坂桥，只见张飞倒竖虎须，圆睁环眼，手绰蛇矛，立马桥上；又见桥东树林之后，

曲折的一笔，引人担忧。

外貌描写：文聘眼中的张飞。张飞的妙计奏效。

77

三国演义

<u>尘头大起，疑有伏兵，便勒住马，不敢近前。</u>俄而，曹仁、李典、夏侯惇、夏侯渊、乐进、张辽、张郃、许褚等都至，见飞怒目横矛，立马于桥上，又恐是诸葛孔明之计，都不敢近前。扎住阵脚，一字儿摆在桥西，使人飞报曹操。操闻知，急上马，从阵后来。张飞睁圆环眼，隐隐见后军青罗伞盖、旄钺旌旗来到，料得是曹操心疑，亲自来看。飞乃厉声大喝曰："我乃燕人张翼德也！谁敢与我决一死战？"声如巨雷。曹军闻之，尽皆股栗。<u>曹操急令去其伞盖</u>，回顾左右曰："我向曾闻云长言：翼德于百万军中，取上将之首，如探囊取物。今日相逢，不可轻敌。"言未已，张飞睁目又喝曰："燕人张翼德在此！谁敢来决死战？"曹操见张飞如此气概，颇有退心。<u>飞望见曹操后军阵脚移动</u>，乃挺矛又喝曰："战又不战，退又不退，却是何故！"喊声未

> 张飞的怒吼，气势磅礴，吓破曹军胆，突出其勇猛无比。

> 第一声喝，喝去了曹操伞盖。

> 第二声喝，喝退曹操后军。

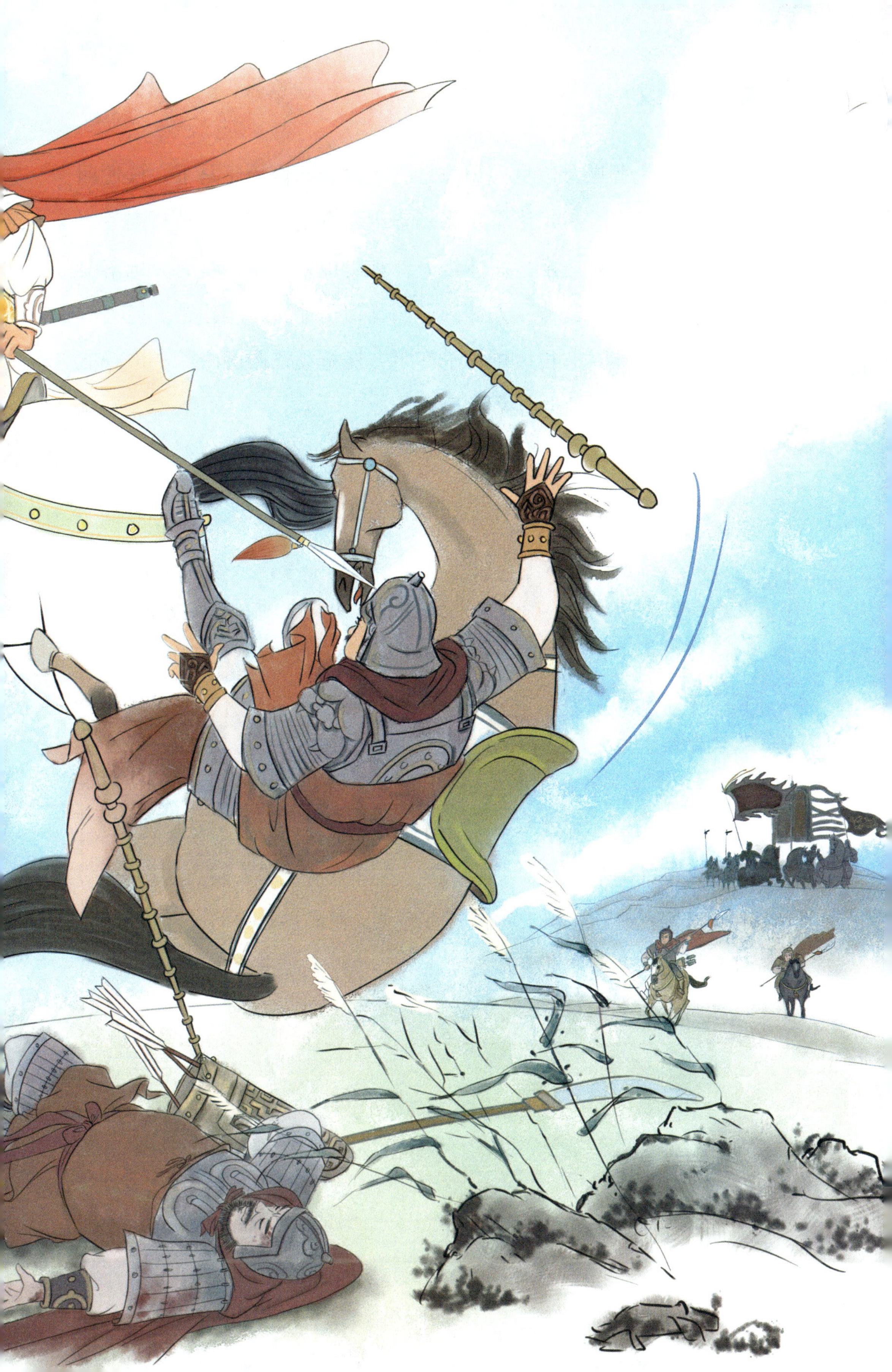

三国演义

第三声喝，喝死曹操战将。

绝，曹操身边夏侯杰惊得肝胆碎裂，倒撞于马下。操便回马而走。于是诸军众将一齐望西奔走。正是：黄口孺子，怎闻霹雳之声；病体樵夫，难听虎豹之吼。一时弃枪落盔者，不计其数，人如潮涌，马似山崩，自相践踏。后人有诗赞曰："长坂桥头杀气生，横枪立马眼圆睁。一声好似轰雷震，独退曹家百万兵。"

章回小结

开篇的狂风、秋末冬初的寒冷等环境描写，烘托出局势的危急和战争的残酷。通过对赵云在曹军中反复冲杀、英勇战斗的细致刻画，营造出惊心动魄的战争氛围，展现了赵云的威猛和无畏。故事充满波折，赵云寻找主母与幼主的过程艰难曲折，让读者始终为其命运担忧；张飞在长坂桥的守桥情节也是一波三折，从曹军的犹豫到张飞的怒吼，再到曹军的败退，扣人心弦。对人物的语言、动作、神态等细节描写十分精彩，如糜夫人投井时的话语，赵云与众人的对话，生动地展现了人物的性格和内心世界。通过曹操及其将领的反应，侧面烘托出赵云和张飞的英勇无敌。文中穿插的多首诗歌，增强了故事的文学性和感染力。

第九回　诸葛亮巧舌战群儒

> **导读**
>
> 　　刘备到了江夏。曹操为了不让他与东吴结盟，在夺取了荆州后，一面派遣使者赴江东，要和孙权一起讨伐刘备，共分荆州之地，永结盟好；一面计点马步水军百万，水陆并进，沿江而来。东吴方面，鲁肃以吊丧为名来到江夏，实际上来探听军情。鲁肃与诸葛亮见面，力邀其过江向孙权表明联合抗曹的决心。江东此时有两派，一是以张昭为代表的投降派，一是以鲁肃、周瑜为代表的主战派。诸葛亮面对众人，以自己的博学和智慧，有问必答，以一敌众，有力地痛斥了亲曹派。为了促成联吴抗曹，诸葛亮用激将法，坚定了孙权抗击曹操的决心。舌战群儒开创了联吴抗曹的新局面。

　　却说鲁肃、孔明辞了玄德、刘琦，登舟望柴桑郡来。二人在舟中共议。鲁肃谓孔明曰："先生见孙将军，切不可实言曹操兵多将广。"孔明曰："不须子敬叮咛，亮自有对答之语。"及船到岸，肃请孔明于馆驿中暂歇，先自往见孙权。权正聚文武于堂上议事，闻鲁肃回，急召入问曰："子敬往江夏，体探虚实若何？"肃曰："已知其略，尚容徐禀。"权将曹操檄文示肃曰："操昨遣使

_{鲁肃第一次叮嘱，孔明第一次应允。鲁肃的提醒显示其谨慎，孔明的自信回应展现其胸有成竹。}

赍文至此，孤先发遣来使，现今会众商议未定。"肃接檄文观看。其略曰："孤近承帝命，奉词伐罪。旌麾南指，刘琮束手；荆襄之民，望风归顺。今统雄兵百万，上将千员，欲与将军会猎于江夏，共伐刘备，同分土地，永结盟好。幸勿观望，速赐回音。"鲁肃看毕曰："主公尊意若何？"权曰："未有定论。"张昭曰："曹操拥百万之众，借天子之名，以征四方，拒之不顺。且主公大势可以拒操者，长江也。今操既得荆州，长江之险，已与我共之矣，势不可敌。以愚之计，不如纳降，为万安之策。"众谋士皆曰："子布之言，正合天意。"孙权沉吟不语。张昭又曰："主公不必多疑。如降操，则东吴民安，江南六郡可保矣。"孙权低头不语。

> 张绍两次劝降，孙权两次不答。

　　须臾，权起更衣，鲁肃随于权后。权知肃意，乃执肃手而言曰："卿欲如何？"肃曰："恰才众人所言，深误将军。众人皆可降曹操，惟将军不可降曹操。"权曰："何以言之？"肃曰："如肃等降操，当以肃还乡党，累官故不失州郡也；将军降操，欲安所归乎？位不过封侯，车不过一乘，骑不过一匹，从不过数人，岂得南面称孤哉！众人之意，各自为己，不可听也。将军宜早定大计。"权叹曰："诸人议论，大失孤望。子敬开说大计，正与吾见相同。此天以子敬赐我也！但操新得袁绍之众，近又得荆州之兵，恐势大难以抵敌。"肃曰："肃至江夏，引诸葛瑾之弟诸葛亮在此，主公可问之，便知虚实。"权曰："卧龙先生在此乎？"肃曰："现在馆驿中

第九回　诸葛亮巧舌战群儒

安歇。"权曰："今日天晚，且未相见。来日聚文武于帐下，先教见我江东英俊，然后升堂议事。"肃领命而去。

次日至馆驿中见孔明，又嘱曰："今见我主，切不可言曹操兵多。"孔明笑曰："亮自见机而变，决不有误。"肃乃引孔明至幕下。早见张昭、顾雍等一班文武二十余人，峨冠博带，整衣端坐。孔明逐一相见，各问姓名。施礼已毕，坐于客位。张昭等见孔明丰神飘洒，器宇轩昂，料道此人必来游说。张昭先以言挑之曰："昭乃江东微末之士，久闻先生高卧隆中，自比管、乐。此语果有之乎？"孔明曰："此亮平生小可之比也。"昭曰："近闻刘豫州三顾先生于草庐之中，幸得先生，以为如鱼得水，思欲席卷荆襄。今一旦以属曹操，未审是何主见？"孔明自思张昭乃孙权手下第一个谋士，若不先难倒他，如何说得孙权，遂答曰："吾观取汉上之地，易如反掌。我主刘豫州躬行仁义，不忍夺同宗之基业，故力辞之。刘琮孺子，听信佞言，暗自投降，致使曹操得以猖獗。今我主屯兵江夏，别有良图，非等闲可知也。"昭曰："若此，是先生言行相违也。先生自比管、乐，管仲相桓公，霸诸侯，一匡天下；乐毅扶持微弱之燕，下①齐七十余城：此二人者，真济世之才也。先生在草庐之中，但笑傲风月，抱膝危坐。今既从事刘豫州，当为生灵兴利除害，剿灭乱贼。且刘豫州未得先生之前，尚且纵横寰宇，割据城池；

> 鲁肃第二次叮嘱，孔明第二次应允。

---

① 下：使之降服的意思。

今得先生，人皆仰望，虽三尺童蒙，亦谓彪虎生翼，将见汉室复兴，曹氏即灭矣。朝廷旧臣，山林隐士，无不拭目而待：以为拂高天之云翳，仰日月之光辉，拯民于水火之中，措天下于衽席①之上，在此时也。何先生自归豫州，曹兵一出，弃甲抛戈，望风而窜；上不能报刘表以安庶民，下不能辅孤子而据疆土；乃弃新野，走樊城，败当阳，奔夏口，无容身之地：是豫州既得先生之后，反不如其初也。管仲、乐毅，果如是乎？愚直之言，幸勿见怪！"

孔明听罢，哑然②而笑曰："鹏飞万里，其志岂群鸟能识哉？譬如人染沉疴③，当先用糜粥以饮之，和药以服之；待其腑脏调和，形体渐安，然后用肉食以补之，猛药以治之：则病根尽去，人得全生也。若不待气脉和缓，便投以猛药厚味，欲求安保，诚为难矣。吾主刘豫州，向日军败于汝南，寄迹刘表，兵不满千，将止关、张、赵云而已：此正如病势尪羸④已极之时也。新野山僻小县，人民稀少，粮食鲜薄，豫州不过暂借以容身，岂真将坐守于此耶？夫以甲兵不完，城郭不固，军不经练，粮不继日，然而博望烧屯，白河用水，使夏侯惇、曹仁辈心惊胆裂：窃谓管仲、乐毅之用兵，未必过此。至于刘琮降操，豫州实

以医生为病人治病作比，孔明谈起医道，暗自嘲笑张昭是庸臣误国，就像庸医杀人一样。

① 衽（rèn）席：衽、席同义，都是坐卧的铺垫物。衽席之上，就是安全舒适的地方。
② 哑（è）然：形容笑声。
③ 沉疴（kē）：重病。
④ 尪羸（wāng léi）：瘦瘠、衰弱。

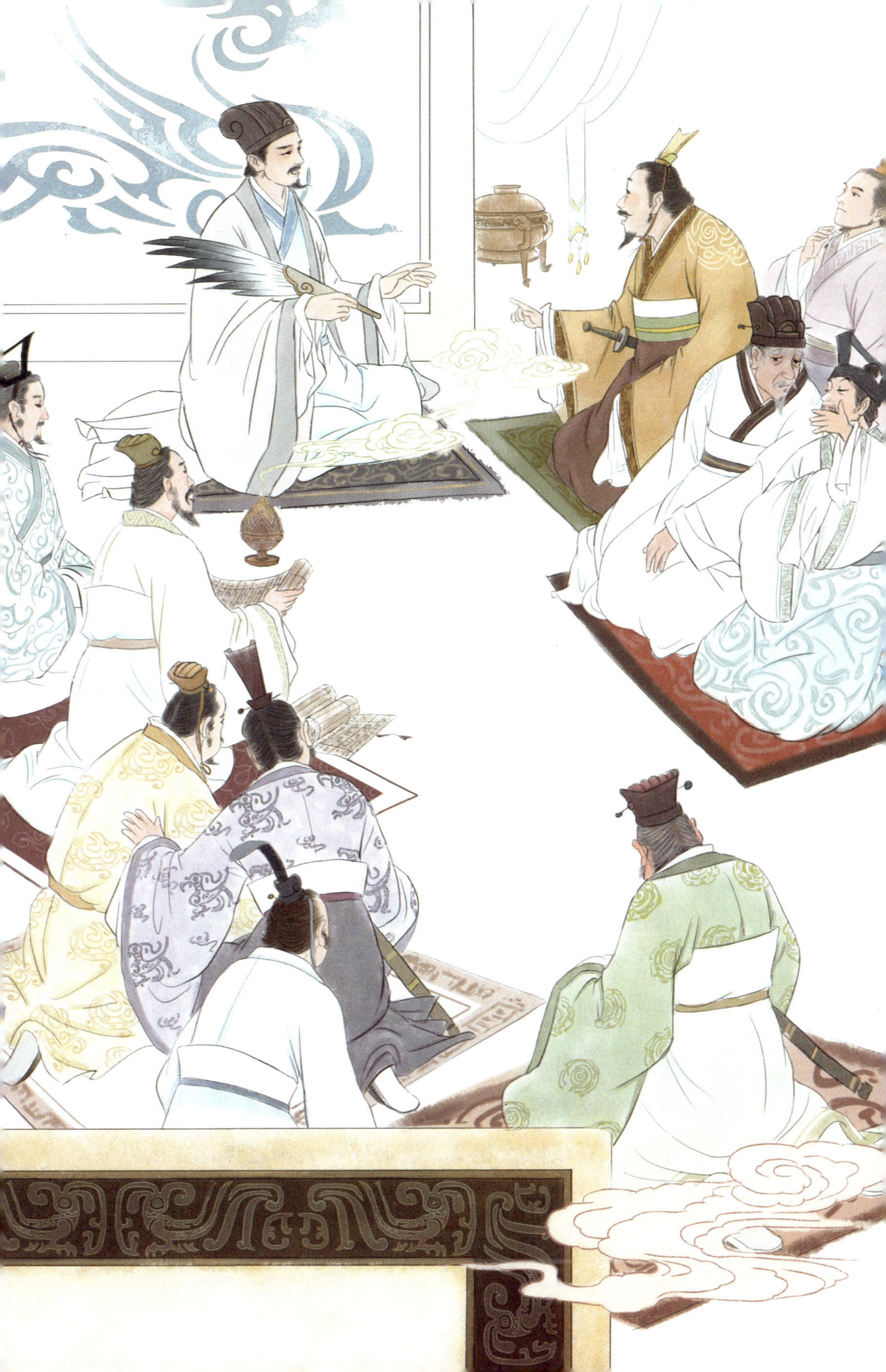

出不知；且又不忍乘乱夺同宗之基业，此真大仁大义也。当阳之败，豫州见有数十万赴义之民，扶老携幼相随，不忍弃之，日行十里，不思进取江陵，甘与同败，此亦大仁大义也。寡不敌众，胜负乃其常事。昔高皇数败于项羽，而垓下一战成功，此非韩信之良谋乎？夫信久事高皇，未尝累胜。盖国家大计，社稷安危，是有主谋。<u>非比夸辩之徒，虚誉欺人：坐议立谈，无人可及；临机应变，百无一能。诚为天下笑耳</u>！"这一篇言语，说得张昭并无一言回答。

> 说尽了天下死读书之人的通病。孔明战胜的第一人。

座上忽一人抗声问曰："今曹公兵屯百万，将列千员，龙骧虎视，平吞江夏，公以为何如？"孔明视之，乃虞翻也。孔明曰："曹操收袁绍蚁聚之兵，劫刘表乌合之众，虽数百万不足惧也。"虞翻冷笑曰："军败于当阳，计穷于夏口，区区求救于人，而犹言不惧，此真大言欺人也！"孔明曰："<u>刘豫州以数千仁义之师，安能敌百万残暴之众？退守夏口，所以待时也。今江东兵精粮足，且有长江之险，犹欲使其主屈膝降贼，不顾天下耻笑。由此论之，刘豫州真不惧操贼者矣</u>！"虞翻不能对。

> 孔明言辞犀利，直击要害，让虞翻无言以对，展现其雄辩之才。借赞玄德以鄙薄江东。孔明战胜的第二人。

座间又一人问曰："孔明欲效仪、秦①之舌，游说东吴耶？"孔明视之，乃步骘也。孔明曰："步子山以苏秦、张仪为辩士，不知苏秦、张仪亦豪杰也。苏秦佩六国相印，张仪两次相秦，皆有匡扶人国之谋，非比畏强凌

---

① 仪、秦：即张仪、苏秦，战国时以雄辩著名的说客。

第九回　诸葛亮巧舌战群儒

弱、惧刀避剑之人也。君等闻曹操虚发诈伪之词，便畏惧请降，敢笑苏秦、张仪乎？"步骘默然无语。

忽一人问曰："孔明以曹操何如人也？"孔明视其人，乃薛综也。孔明答曰："曹操乃汉贼也，又何必问？"综曰："公言差矣。汉传世至今，天数将终。今曹公已有天下三分之二，人皆归心。刘豫州不识天时，强欲与争，正如以卵击石，安得不败乎？"孔明厉声曰："薛敬文安得出此无父无君之言乎！夫人生天地间，以忠孝为立身之本。公既为汉臣，则见有不臣之人，当誓共戮之；臣之道也。今曹操祖宗叨食汉禄，不思报效，反怀篡逆之心，天下之所共愤；公乃以天数归之，真无父无君之人也！不足与语！请勿复言！"薛综满面羞惭，不能对答。

座上又一人应声问曰："曹操虽挟天子以令诸侯，犹是相国曹参①之后。刘豫州虽云中山靖王苗裔，却无可稽考，眼见只是织席贩屦之夫耳，何足与曹操抗衡哉！"孔明视之，乃陆绩也。孔明笑曰："公非袁术座间怀橘②之陆郎乎？请安坐，听吾一言：曹操既为曹相国之后，则世为汉臣矣；今乃专权肆横，欺凌君父，是不惟无君，亦且蔑祖，不惟汉室之乱臣，亦曹氏之贼子也。刘豫州堂堂帝胄，当今皇帝，按谱赐爵，何云无可稽考？且高祖起身

借赞美张仪、苏秦以鄙薄江东。孔明战胜的第三人。

虞翻夸赞曹操的强大还可以理解。但到了薛综，却为曹操不是汉贼辩护，荒谬至极，比虞翻更加低劣。孔明战胜的第四人。

---

① 曹参：汉高祖刘邦的功臣。
② 座间怀橘：陆绩六岁时，曾在袁术座间，藏起三个待客的橘子，放在怀中，临走时不小心，却掉了出来。袁术问他时，他答说是要带回去孝敬母亲。这事被传为美谈。

87

三国演义

拿高祖和刘备相比照，说明出身寒微并不影响拥有天下。孔明战胜的第五人。

学以致用，才是为学之道。孔明战胜的第六人。

贬斥了天下死读书的文人学士，又把准备投降曹操之人比作侍奉篡逆王莽的扬雄。孔明战胜的第七人。

亭长，而终有天下；织席贩屦，又何足为辱乎？公小儿之见，不足与高士共语！"陆绩语塞。

座上一人忽曰："孔明所言，皆强词夺理，均非正论，不必再言。且请问孔明治何经典？"孔明视之，乃严畯也。孔明曰："寻章摘句，世之腐儒也，何能兴邦立事？且古耕莘伊尹，钓渭子牙，张良、陈平之流，邓禹、耿弇①之辈，皆有匡扶宇宙之才，未审其生平治何经典。岂亦效书生，区区于笔砚之间，数黑论黄，舞文弄墨而已乎？"严畯低头丧气而不能对。

忽又一人大声曰："公好为大言，未必真有实学，恐适为儒者所笑耳。"孔明视其人，乃汝南程德枢也。孔明答曰："儒有君子小人之别。君子之儒，忠君爱国，守正恶邪，务使泽及当时，名留后世。若夫小人之儒，惟务雕虫②，专工翰墨，青春作赋，皓首穷经；笔下虽有千言，胸中实无一策。且如扬雄③以文章名世，而屈身事莽，不免投阁而死，此所谓小人之儒也；虽日赋万言，亦何取哉！"程德枢不能对。

众人见孔明对答如流，尽皆失色。时座上张温、骆统二人，又欲问难。忽一人自外而入，厉声言曰："孔明乃当世奇才，君等以唇舌相难，非敬客之礼也。曹操大军

---

①邓禹、耿弇（yǎn）：两人都是汉光武帝刘秀的功臣。
②雕虫：指辞赋的雕辞琢句，不切实用，有鄙薄的意思。
③扬雄：西汉的辞赋家，在王莽的新朝做过官，因害怕要受刑，跳楼自杀，几乎摔死。

第九回　诸葛亮巧舌战群儒

临境，不思退敌之策，乃徒斗口耶！"众视其人，乃零陵人，姓黄，名盖，字公覆，现为东吴粮官。当时黄盖谓孔明曰："愚闻多言获利，不如默而无言。何不将金石之论为我主言之，乃与众人辩论也？"孔明曰："诸君不知世务，互相问难，不容不答耳。"于是黄盖与鲁肃引孔明入。至中门，正遇诸葛瑾，孔明施礼。瑾曰："贤弟既到江东，如何不来见我？"孔明曰："弟既事刘豫州，理宜先公后私。公事未毕，不敢及私。望兄见谅。"瑾曰："贤弟见过吴侯，却来叙话。"说罢自去。

鲁肃曰："适间所嘱，不可有误。"孔明点头应诺。引至堂上，孙权降阶而迎，优礼相待。施礼毕，赐孔明坐。众文武分两行而立。鲁肃立于孔明之侧，只看他讲话。孔明致玄德之意毕，偷眼看孙权：碧眼紫髯，堂堂一表。孔明暗思："此人相貌非常，只可激，不可说。等他问时，用言激之便了。"献茶已毕，孙权曰："多闻鲁子敬谈足下之才，今幸得相见，敢求教益。"孔明曰："不才无学，有辱明问。"权曰："足下近在新野，佐刘豫州与曹操决战，必深知彼军虚实。"孔明曰："刘豫州兵微将寡，更兼新野城小无粮，安能与曹操相持。"权曰："曹兵共有多少？"孔明曰："马步水军，约有一百余万。"权曰："莫非诈乎？"孔明曰："非诈也。曹操就兖州已有青州军二十万；平了袁绍，又得五六十万；中原新招之兵三四十万；今又得荆州之军二三十万：以此计之，不下一百五十万。亮以百万言之，恐惊江东之

> 鲁肃第三次叮嘱。孔明第三次应允。

> 三次应承鲁肃，至此忽然变卦。

士也。"鲁肃在旁，闻言失色，以目视孔明；孔明只做不见。权曰："曹操部下战将，还有多少？"孔明曰："足智多谋之士，能征惯战之将，何止一二千人。"权曰："今曹操平了荆、楚，复有远图乎？"孔明曰："即今沿江下寨，准备战船，不欲图江东，待取何地？"权曰："若彼有吞并之意，战与不战，请足下为我一决。"孔明曰："亮有一言，但恐将军不肯听从。"权曰："愿闻高论。"孔明曰："向者宇内大乱，故将军起江东，刘豫州收众汉南，与曹操并争天下。今操芟除大难，略已平矣；近又新破荆州，威震海内；纵有英雄，无用武之地：故豫州遁逃至此。愿将军量力而处之：若能以吴、越之众，与中国①抗衡，不如早与之绝；若其不能，何不从众谋士之论，按兵束甲，北面而事之？"权未及答。孔明又曰："将军外托服从之名，内怀疑贰②之见，事急而不断，祸至无日矣！"权曰："诚如君言，刘豫州何不降操？"孔明曰："昔田横③，齐之壮士耳，犹守义不辱。况刘豫州王室之胄，英才盖世，众士仰慕。事之不济，此乃天也。又安能屈处人下乎！"

孙权听了孔明此言，不觉勃然变色，拂衣而起，退入后堂。众皆哂笑而散。鲁肃责孔明曰："先生何故出此

> 以西汉的田横作比，写出刘备绝不投降。言下之意，孙权不如刘备能坚守道义，孙权怎能不怒？

---

① 中国：中原，中土。指古代帝都所在的黄河流域，相对于其余地区而言。
② 疑贰：疑惑不定，三心二意。
③ 田横：秦末齐国人。齐王田广被韩信俘虏，田横自立为王，后来退守海岛。汉高祖派人去招降，田横及部下五百余人都不屈自杀。

第九回　诸葛亮巧舌战群儒

言？幸是吾主宽洪大度，不即面责。先生之言，藐视吾主甚矣。"孔明仰面笑曰："何如此不能容物耶！我自有破曹之计，彼不问我，我故不言。"肃曰："果有良策，肃当请主公求教。"孔明曰："吾视曹操百万之众，如群蚁耳！但我一举手，则皆为齑粉矣！"肃闻言，便入后堂见孙权。权怒气未息，顾谓肃曰："孔明欺吾太甚！"肃曰："臣亦以此责孔明，孔明反笑主公不能容物。破曹之策，孔明不肯轻言，主公何不求之？"权回嗔作喜曰："原来孔明有良谋，故以言词激我。我一时浅见，几误大事。"便同鲁肃重复出堂，再请孔明叙话。权见孔明，谢曰："适来冒渎威严，幸勿见罪。"孔明亦谢曰："亮言语冒犯，望乞恕罪。"权邀孔明入后堂，置酒相待。

> 孙权能容物，有胸怀。

数巡之后，权曰："曹操平生所恶者：吕布、刘表、袁绍、袁术、豫州与孤耳。今数雄已灭，独豫州与孤尚存。孤不能以全吴之地，受制于人。吾计决矣。非刘豫州莫与当曹操者；然豫州新败之后，安能抗此难乎？"孔明曰："豫州虽新败，然关云长犹率精兵万人；刘琦领江夏战士，亦不下万人。曹操之众，远来疲惫；近追豫州，轻骑一日夜行三百里，此所谓强弩之末，势不能穿鲁缟①者也。且北方之人，不习水战。荆州士民附操者，迫于势耳，非本心也。今将军诚能与豫州协力同心，破曹军必

> 写出了孙权的志气、决心。

> 战略上要藐视敌人。孔明说出了曹操的力量不足畏惧，联合抗曹必胜，并预测了未来鼎足之势。

---

① 强弩之末，势不能穿鲁缟（gǎo）：这是出自《左传》的成语。鲁国的缟（丝织品）最薄，就是这种薄缟，强力的弩箭到了射程终了时，也无力穿透。

91

矣。操军破，必北还，则荆、吴之势强，而鼎足之形成矣。成败之机，在于今日。惟将军裁之。"权大悦曰："先生之言，顿开茅塞。吾意已决，更无他疑。即日商议起兵，共灭曹操！"遂令鲁肃将此意传谕文武官员，就送孔明于馆驿安歇。

章回小结

从张昭率先发难，到虞翻、步骘等人依次提问，再到孙权与诸葛亮的对话，情节逐步深入，紧张感不断增强，最终促使孙权下定决心抗曹。诸葛亮的言辞犀利且富有逻辑，极具说服力。文中通过诸葛亮与东吴众谋士的激烈辩论，展现了诸葛亮的睿智、雄辩和对局势的清晰洞察。每个人的提问和诸葛亮的回应都紧扣当时的局势与各方立场，充满智慧和策略。整个论辩过程气氛紧张，而最终孙权决定抗曹时又营造出一种振奋和希望的氛围。人物对话简洁明了，富有表现力，既体现了各自的性格特点，又推动了情节的发展。通过对孙权、鲁肃等人的心理和神态描写，侧面反映出局势的紧张和人物的内心活动。将诸葛亮的坚定主战与东吴部分谋士的主降态度进行对比，衬托出诸葛亮的远见卓识和英勇无畏。

第三阶段：硝烟弥漫智计显

阅读篇目 第十回至第十三回

阅读策略 聚焦关键战役，对比胜负原因，感受谋略智慧

　　官渡之战曹操以智取胜，奠定北方基业；赤壁之战孙刘联军携手破曹，形成三国鼎立之势；彝陵之战刘备伐吴失利，局势发生重大转变。这些关键战役彰显了各方人物的谋略与智慧。让我们以赤壁之战为例，深入剖析其中的谋略运用，更全面地领略三国时期人物的智谋风采。

　　请你仔细研读赤壁之战的相关内容，制作赤壁之战的《名战荟萃表》，清晰地梳理其发展过程和重要细节，重点分析赢家获胜的因素，感受其中所蕴含的谋略深意。

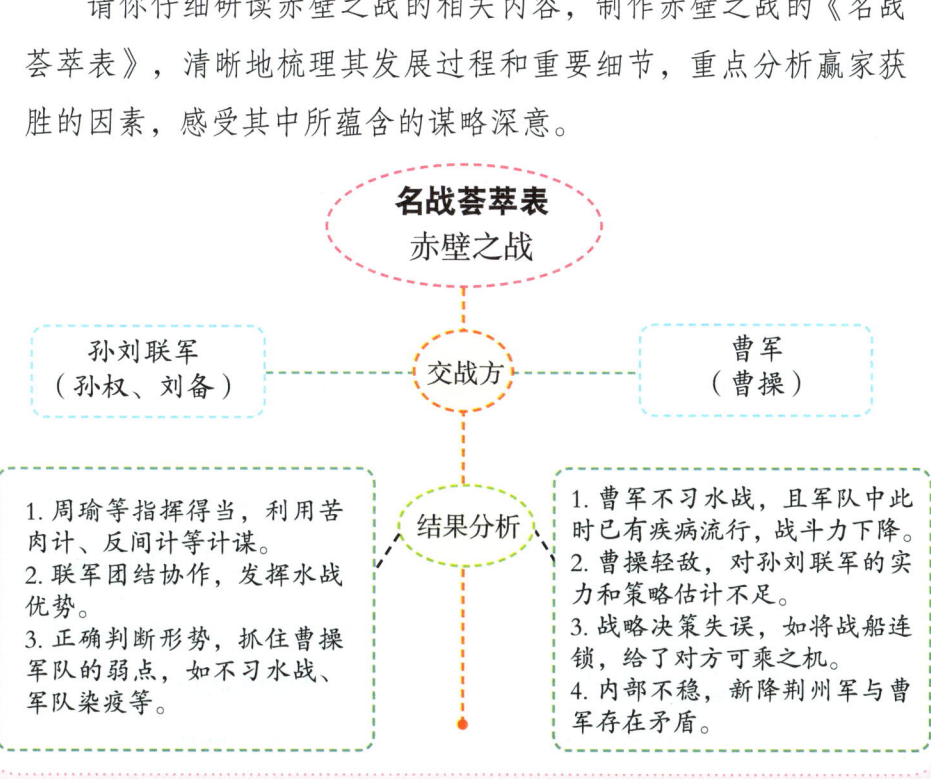

名战荟萃表
赤壁之战

交战方

- 孙刘联军（孙权、刘备）
- 曹军（曹操）

结果分析

孙刘联军：
1. 周瑜等指挥得当，利用苦肉计、反间计等计谋。
2. 联军团结协作，发挥水战优势。
3. 正确判断形势，抓住曹操军队的弱点，如不习水战、军队染疫等。

曹军：
1. 曹军不习水战，且军队中此时已有疾病流行，战斗力下降。
2. 曹操轻敌，对孙刘联军的实力和策略估计不足。
3. 战略决策失误，如将战船连锁，给了对方可乘之机。
4. 内部不稳，新降荆州军与曹军存在矛盾。

三国演义

第十回　群英会蒋干中计

导读

诸葛亮加强了孙权联合刘备抗曹的信心，接着又用智谋刺激周瑜，使周瑜极力主战，坚定孙权抗曹的决心。曹操大军南下，直抵赤壁，并任用熟悉水战的荆州降将蔡瑁、张允为水军都督。如果曹军也擅长水战，东吴军便没有了优势。周瑜认为只有先设计除掉此二人，然后才可以破曹。恰好，曹营的蒋干想要利用和周瑜的同学关系予以说降。周瑜将计就计，在群英会中，实施"反间计"（利用敌人派来的间谍，使其为自己所用），也就是利用假情报，使蒋干中计、曹操上当，最终借曹操之手杀掉了心腹大患蔡瑁、张允。

> 展现出周瑜坚决抗曹的决心和刚烈的性格。

却说周瑜送了玄德，回至寨中。忽报曹操遣使送书至。瑜唤入。使者呈上书看时，封面上判云："汉大丞相付周都督开拆。"瑜大怒，更不开看，将书扯碎，掷于地下，喝斩来使。肃曰："两国相争，不斩来使。"瑜曰："斩使以示威！"遂斩使者，将首级付从人持回。随令甘宁为先锋，韩当为左翼，蒋钦为右翼。瑜自部领诸将接应。来日四更造饭，五更开船，鸣鼓呐喊而进。

却说曹操知周瑜毁书斩使，大怒，便唤蔡瑁、张允

第十回　群英会蒋干中计

　　等一班荆州降将为前部，操自为后军，催督战船，到三江口。早见东吴船只，蔽江而来。为首一员大将，坐在船头上大呼曰："吾乃甘宁也！谁敢来与我决战？"蔡瑁令弟蔡壎前进。两船将近，甘宁拈弓搭箭，望蔡射来，应弦而倒。宁驱船大进，万弩齐发。曹军不能抵当。右边蒋钦，左边韩当，直冲入曹军队中。曹军大半是青、徐之兵，素不习水战，大江面上，战船一摆，早立脚不住。甘宁等三路战船，纵横水面。周瑜又催船助战。曹军中箭着炮者，不计其数。从巳时直杀到未时。周瑜虽得利，只恐寡不敌众，遂下令鸣金，收住船只。

> 先写先锋立功，次写左右翼，总写一句，层次分明。

　　曹军败回。操登旱寨，再整军士，唤蔡瑁、张允责之曰："东吴兵少，反为所败，是汝等不用心耳！"蔡瑁曰："荆州水军，久不操练；青、徐之军，又素不习水战。故尔致败。今当先立水寨，令青、徐军在中，荆州军在外，每日教习精熟，方可用之。"操曰："汝既为水军都督，可以便宜从事，何必禀我！"于是张、蔡二人，自去训练水军。沿江一带分二十四座水门，以大船居于外为城郭，小船居于内，可通往来。至晚点上灯火，照得天心水面通红。旱寨三百余里，烟火不绝。

> 为下文曹操误杀二人埋下伏笔。

> 蔡瑁、张允精于水战，这为周瑜设计除掉二人埋下伏笔。

> 欲写赤壁之火，先写曹军之灯火、烟火。

　　却说周瑜得胜回寨，犒赏三军，一面差人到吴侯处报捷。当夜瑜登高观望，只见西边火光接天。左右告曰："此皆北军灯火之光也。"瑜亦心惊。次日，瑜欲亲往探看曹军水寨，乃命收拾楼船一只，带着鼓乐，随行健将数员，各带强弓硬弩，一齐上船迤逦前进。至操寨边，瑜命

三国演义

下了矴石①，楼船上鼓乐齐奏。瑜暗窥他水寨，大惊曰："此深得水军之妙也！"问："水军都督是谁？"左右曰："蔡瑁、张允。"瑜思曰："二人久居江东，谙习水战，吾必设计先除此二人，然后可以破曹。"正窥看间，早有曹军飞报曹操，说："周瑜偷看吾寨。"操命纵船擒捉。瑜见水寨中旗号动，急教收起矴石，两边四下一齐轮转橹棹，望江面上如飞而去。比及曹寨中船出时，周瑜的楼船已离了十数里远，追之不及，回报曹操。

> 除掉有关人物，为下文设计利用蒋干埋下伏笔。

操问众将曰："昨日输了一阵，挫动锐气；今又被他深窥吾寨。吾当作何计破之？"言未毕，忽帐下一人出曰："某自幼与周郎同窗交契，愿凭三寸不烂之舌，往江东说此人来降。"曹操大喜，视之，乃九江人，姓蒋，名干，字子翼，现为帐下幕宾。操问曰："子翼与周公瑾相厚乎？"干曰："丞相放心。干到江左，必要成功。"操问："要将何物去？"干曰："只消一童随往，二仆驾舟，其余不用。"操甚喜，置酒与蒋干送行。

> 语言描写：表现出了一个骄傲自大的蒋干，也为后文他的中计埋下伏笔。

干葛巾布袍，驾一只小舟，径到周瑜寨中，命传报："故人蒋干相访。"周瑜正在帐中议事，闻干至，笑谓诸将曰："说客至矣！"遂与众将附耳低言，如此如此。众皆应命而去。瑜整衣冠，引从者数百，皆锦衣花帽，前后簇拥而出。蒋干引一青衣小童，昂然而来。瑜拜迎之。干曰："公瑾别来无恙！"瑜曰："子翼良苦，远涉江湖，

> 细节描写，设置悬念。

---

① 矴（dìng）石：沉在水中用以停船，和锚的功用一样。

为曹氏作说客耶？"干愕然曰："吾久别足下，特来叙旧，奈何疑我作说客也？"瑜笑回："吾虽不及师旷之聪①，闻弦歌而知雅意。"干曰："足下待故人如此，便请告退。"瑜笑而挽其臂曰："吾但恐兄为曹氏作说客耳。既无此心，何速去也？"遂同入帐。

叙礼毕，坐定，即传令悉召江左英杰与子翼相见。须臾，文官武将，各穿锦衣；帐下偏裨将校，都披银铠：分两行而入。瑜都教相见毕，就列于两傍而坐。大张筵席，奏军中得胜之乐，轮换行酒。瑜告众官曰："此吾同窗契友也。虽从江北到此，却不是曹家说客。公等勿疑。"遂解佩剑付太史慈曰："公可佩我剑作监酒：今日宴饮，但叙朋友交情；如有提起曹操与东吴军旅之事者，即斩之！"太史慈应诺，按剑坐于席上。蒋干惊愕，不敢多言。周瑜曰："吾自领军以来，滴酒不饮；今日见了故人，又无疑忌，当饮一醉。"说罢，大笑畅饮。座上觥筹交错。

饮至半酣，瑜携干手，同步出帐外。左右军士，皆全装惯带，持戈执戟而立。瑜曰："吾之军士，颇雄壮否？"干曰："真熊虎之士也。"瑜又引干到帐后一望，粮草堆如山积。瑜曰："吾之粮草，颇足备否？"干曰："兵精粮足，名不虚传。"瑜佯醉大笑曰："想周瑜与子翼同学业时，不曾望有今日。"干曰："以吾兄高才，实不为过。"瑜执干手曰："大丈夫处世，遇知己之主，

> 妙在说蒋干不是说客，使他开口不得。

> 为假装醉酒埋下伏笔。

---

①师旷之聪：师旷，春秋时晋国的乐师，以善辨音著名。聪，耳朵很灵。

外托君臣之义，内结骨肉之恩，言必行，计必从，祸福共之。假使苏秦、张仪、陆贾、郦生①复出，口似悬河，舌如利刃，安能动我心哉！"言罢大笑。蒋干面如土色。

瑜复携干入帐，会诸将再饮；因指诸将曰："此皆江东之英杰。今日此会，可名群英会。"饮至天晚，点上灯烛，瑜自起舞剑作歌。歌曰：

"丈夫处世兮立功名，立功名兮慰平生。慰平生兮吾将醉，吾将醉兮发狂吟！"

歌罢，满座欢笑。

至夜深，干辞曰："不胜酒力矣。"瑜命撤席，诸将辞出。瑜曰："久不与子翼同榻，今宵抵足而眠。"于是佯作大醉之状，携干入帐共寝。瑜和衣卧倒，呕吐狼藉②。蒋干如何睡得着？伏枕听时，军中鼓打二更，起视残灯尚明。看周瑜时，鼻息如雷。干见帐内桌上，堆着一卷文书，乃起床偷视之，却都是往来书信。内有一封，上写"蔡瑁张允谨封"。干大惊，暗读之。书略曰：

"某等降曹，非图仕禄，迫于势耳。今已赚北军困于寨中，但得其便，即将操贼之首，献于麾下。早晚人到，便有关报。幸勿见疑。先此敬覆。"

干思曰："原来蔡瑁、张允结连东吴！"遂将书暗藏于衣内。再欲检看他书时，床上周瑜翻身，干急灭灯就

> 小人的行径，必将坏大事。蒋干偷看书信，为曹操中计埋下祸根，其贪心和愚蠢推动情节发展。

---

①陆贾、郦生：郦生指郦食其，两人皆是汉初的辩士。
②狼藉：据说狼睡完觉，离去时就把草扒乱，因此乱七八糟的样子叫作狼藉。

第十回　群英会蒋干中计

寝。瑜口内含糊曰："子翼，我数日之内，教你看操贼之首！"干勉强应之。瑜又曰："子翼，且住！……教你看操贼之首！……"及干问之，瑜又睡着。干伏于床上，将近四更，只听得有人入帐唤曰："都督醒否？"周瑜梦中做忽觉之状，故问那人曰："床上睡着何人？"答曰："都督请子翼同寝，何故忘却？"瑜懊悔曰："吾平日未尝饮醉；昨日醉后失事，不知可曾说甚言语？"那人曰："江北有人到此。"瑜喝："低声！"便唤："子翼。"蒋干只妆睡着。瑜潜出帐。干窃听之，只闻有人在外曰："张、蔡二都督道：急切不得下手……"后面言语颇低，听不真实。少顷，瑜入帐，又唤："子翼。"蒋干只是不应，蒙头假睡。瑜亦解衣就寝。

> 紧张的气氛，秘密的言行，其实是演给蒋干一个人看的戏。

干寻思："周瑜是个精细人，天明寻书不见，必然害我。"睡至五更，干起唤周瑜；瑜却睡着。干戴上巾帻，潜步出帐，唤了小童，径出辕门。军士问："先生那里去？"干曰："吾在此恐误都督事，权且告别。"军士亦不阻当。干下船，飞棹回见曹操。操曰："子翼干事若何？"干曰："周瑜雅量高致，非言词所能动也。"操怒曰："事又不济，反为所笑！"干曰："虽不能说周瑜，却与丞相打听得一件事。乞退左右。"

> 先激怒曹操，再亮出"情报"，一副自作聪明、小人得志的嘴脸。

干取出书信，将上项事逐一说与曹操。操大怒曰："二贼如此无礼耶！"即便唤蔡瑁、张允到帐下。操曰："我欲使汝二人进兵。"瑁曰："军尚未曾练熟，不可轻进。"操怒曰："军若练熟，吾首级献于周郎矣！"蔡、

三国演义

张二人不知其意,惊慌不能回答。操喝武士推出斩之。须臾,献头帐下,操方省悟曰:"吾中计矣!"后人有诗叹曰:

"曹操奸雄不可当,一时诡计中周郎。蔡张卖主求生计,谁料今朝剑下亡!"

众将见杀了张、蔡二人,入问其故。操虽心知中计,却不肯认错,乃谓众将曰:"二人怠慢军法,吾故斩之。"众皆嗟呀①不已。

操于众将内选毛玠、于禁为水军都督,以代蔡、张二人之职。细作探知,报过江东。周瑜大喜曰:"吾所患者,此二人耳。今既剿除,吾无忧矣。"肃曰:"都督用兵如此,何愁曹贼不破乎!"瑜曰:"吾料诸将不知此计,独有诸葛亮识见胜我,想此谋亦不能瞒也。子敬试以言挑之,看他知也不知,便当回报。"

章回小结

从周瑜初战胜利,到窥探曹军水寨,再到蒋干来访,群英会设局,蒋干盗书,曹操中计斩将,情节紧凑,充满戏剧性。通过对水战的描绘,展现了战争的激烈和双方的战术运用。对水寨、灯火等环境的描写,烘托出战争的紧张气氛和双方的军事部署。人物对话简洁明了,符合各自的性格特点,如周瑜的言辞豪爽自信,曹操的话语威严果断。细节描写丰富,如对群英会场景的描写,包括众人的穿着、周瑜的言行举止等,增强了故事的真实感和生动性。通过周瑜的成功谋划与蒋干的盲目行事形成对比,衬托出周瑜的聪明;曹操的冲动与周瑜的沉稳也形成鲜明对比,增强了故事的趣味性和可读性。

①嗟(jiē)呀:惊讶,叹息。

第十一回　诸葛亮草船借箭

导读

孙刘联合抗曹的同盟虽已结成，但彼此之间仍然相互提防，明争暗斗。作为主将，周瑜知道诸葛亮的才能在自己之上，劝其为东吴政权服务，遭到拒绝。于是，周瑜决心要杀掉诸葛亮。周瑜请诸葛亮十日内督造十万支箭，诸葛亮答应三日内造完，于是有了家喻户晓的"草船借箭"的故事。其中"借"字意味深长。既然是"借"，势必将来要还，如何还？在战场上把所"借"之箭重新射向曹军。诸葛亮"借"箭的成功首先源于他精通气象，预测出第三天必有大雾；第二是懂心理，大雾弥漫的情况下，对方不敢贸然出兵，只能用射箭抵挡。作为杰出的军事家，诸葛亮具有多方面的渊博知识和才能。

却说鲁肃领了周瑜言语，径来舟中相探孔明。孔明接入小舟对坐。肃曰："连日措办军务，有失听教。"孔明曰："便是亮亦未与都督贺喜。"肃曰："何喜？"孔明曰："公瑾使先生来探亮知也不知，便是这件事可贺喜耳。"得鲁肃失色问曰："先生何由知之？"孔明曰："这条计只好弄蒋干。曹操虽被一时瞒过，必然便省悟，只是不肯认错耳。今蔡、张两人既死，江东无患矣，

为后文赤壁之战埋下伏笔。

如何不贺喜！吾闻曹操换毛玠、于禁为水军都督，则这两个手里，好歹送了水军性命。"鲁肃听了，开口不得，把些言语支吾了半晌，别孔明而回。孔明嘱曰："望子敬在公瑾面前勿言亮先知此事。恐公瑾心怀妒忌，又要寻事害亮。"鲁肃应诺而去，回见周瑜，把上项事只得实说了。瑜大惊曰："此人决不可留！吾决意斩之！"肃劝曰："若杀孔明，却被曹操笑也。"瑜曰："吾自有公道斩之，教他死而无怨。"肃曰："何以公道斩之？"瑜曰："子敬休问，来日便见。"

> 周瑜对诸葛亮的嫉妒和杀心尽显，而鲁肃的劝解也反映出其顾全大局。

次日，聚众将于帐下，教请孔明议事。孔明欣然而至。坐定，瑜问孔明曰："即日将与曹军交战，水路交兵，当以何兵器为先？"孔明曰："大江之上，以弓箭为先。"瑜曰："先生之言，甚合愚意。但今军中正缺箭用，敢烦先生监造十万枝箭，以为应敌之具。此系公事，先生幸勿推却。"孔明曰："都督见委，自当效劳。敢问十万枝箭，何时要用？"瑜曰："十日之内，可完办否？"孔明曰："操军即日将至，若候十日，必误大事。"瑜曰："先生料几日可完办？"孔明曰："只消三日，便可拜纳十万枝箭。"瑜曰："军中无戏言。"孔明曰："怎敢戏都督！愿纳军令状：三日不办，甘当重罚。"瑜大喜，唤军政司当面取了文书，置酒相待曰："待军事毕后，自有酬劳。"孔明曰："今日已不及，来日造起。至第三日，可差五百小军到江边搬箭。"饮了数杯，辞去。鲁肃曰："此人莫非诈乎？"瑜曰："他自送

第十一回　诸葛亮草船借箭

死，非我逼他。今明白对众要了文书，他便两胁生翅，也飞不去。我只分付军匠人等，教他故意迟延，凡应用物件，都不与齐备。如此，必然误了日期。那时定罪，有何理说？公今可去探他虚实，却来回报。"

> 写出周瑜的恶劣与奸诈，让人不禁为孔明着急。

肃领命来见孔明。孔明曰："吾曾告子敬，休对公瑾说，他必要害我。不想子敬不肯为我隐讳，今日果然又弄出事来。三日内如何造得十万箭？子敬只得救我！"肃曰："公自取其祸，我如何救得你？"孔明曰："望子敬借我二十只船，每船要军士三十人，船上皆用青布为幔，各束草千余个，分布两边。吾别有妙用。第三日包管有十万枝箭。只不可又教公瑾得知，若彼知之，吾计败矣。"肃允诺，却不解其意。回报周瑜，果然不提起借船之事，只言："孔明并不用箭竹、翎毛、胶漆等物，自有道理。"瑜大疑曰："且看他三日后如何回覆我！"

> 前不瞒周瑜是老实之处，今不忍不瞒周瑜是忠厚之处。

却说鲁肃私自拨轻快船二十只，各船三十余人，并布幔束草等物，尽皆齐备，候孔明调用。第一日却不见孔明动静，第二日亦只不动。至第三日四更时分，孔明密请鲁肃到船中。肃问曰："公召我来何意？"孔明曰："特请子敬同往取箭。"肃曰："何处去取？"孔明曰："子敬休问，前去便见。"遂命将二十只船，用长索相连，径望北岸进发。是夜大雾漫天，长江之中，雾气更甚，对面不相见。孔明促舟前进，果然是好大雾！

当夜五更时候，船已近曹操水寨。孔明教把船只头西尾东，一带摆开，就船上擂鼓呐喊。鲁肃惊曰："倘曹兵

三国演义

齐出，如之奈何？"孔明笑曰："吾料曹操于重雾中必不敢出。吾等只顾酌酒取乐，待雾散便回。"

却说曹寨中，听得擂鼓呐喊，毛玠、于禁二人慌忙飞报曹操。操传令曰："重雾迷江，彼军忽至，必有埋伏，切不可轻动。可拨水军弓弩手乱箭射之。"又差人往旱寨内唤张辽、徐晃各带弓弩军三千，火速到江边助射。比及号令到来，毛玠、于禁怕南军抢入水寨，已差弓弩手在寨前放箭；少顷，旱寨内弓弩手亦到，约一万余人，尽皆向江中放箭：箭如雨发。孔明教把船吊回，头东尾西，逼近水寨受箭，一面擂鼓呐喊。待至日高雾散，孔明令收船急回。二十只船两边束草上，排满箭枝。孔明令各船上军士齐声叫曰："谢丞相箭！"比及曹军寨内报知曹操时，这里船轻水急，已放回二十余里，追之不及。曹操懊悔不已。

却说孔明回船谓鲁肃曰："每船上箭约五六千矣。不费江东半分之力，已得十万余箭。明日即将来射曹军，却不甚便！"肃曰："先生真神人也！何以知今日如此大雾？"孔明曰："为将而不通天文，不识地利，不知奇门，不晓阴阳，不看阵图，不明兵势，是庸才也。亮于三日前已算定今日有大雾，因此敢任三日之限。公瑾教我十日完办，工匠料物，都不应手，将这一件风流罪过，明白要杀我。我命系于天，公瑾焉能害我哉！"鲁肃拜服。船

借对方的箭来武装自己，并风趣地打击了对方的士气，举重若轻，这就是孔明的智慧。

照应前文，解释为什么以三日为限。一个智慧高超、成竹在胸、从容不迫的孔明立在眼前。事已成，此时方才说破。

104

第十一回　诸葛亮草船借箭

到岸时，周瑜已差五百军在江边等候搬箭。孔明教于船上取之，可得十余万枝，都搬入中军帐交纳。鲁肃入见周瑜，备说孔明取箭之事。瑜大惊，慨然叹曰："孔明神机妙算，吾不如也！"后人有诗赞曰："一天浓雾满长江，远近难分水渺茫。骤雨飞蝗来战舰，孔明今日伏周郎。"

少顷，孔明入寨见周瑜。瑜下帐迎之，称羡曰："先生神算，使人敬服。"孔明曰："诡谲小计，何足为奇。"瑜邀孔明入帐共饮。瑜曰："昨吾主遣使来催督进军，瑜未有奇计，愿先生教我。"孔明曰："亮乃碌碌庸才，安有妙计？"瑜曰："某昨观曹操水寨，极是严整有法，非等闲可攻。思得一计，不知可否。先生幸为我一决之。"孔明曰："都督且休言。

> 借周瑜衬托孔明的谋略高超。

三国演义

> 细节描写，八十三万大军好像尽在二人掌握之中，颇有乐趣。所谓英雄所见略同。

各自写于手内，看同也不同。"瑜大喜，教取笔砚来，先自暗写了，却送与孔明；孔明亦暗写了。两个移近坐榻，各出掌中之字，互相观看，皆大笑。原来周瑜掌中字，乃一"火"字；孔明掌中，亦一"火"字。瑜曰："既我两人所见相同，更无疑矣。幸勿漏泄。"孔明曰："两家公事，岂有漏泄之理。吾料曹操虽两番经我这条计，然必不为备。今都督尽行之可也。"饮罢分散，诸将皆不知其事。

> 借箭的妙处在于不仅使曹军损失箭十多万支，东吴得到箭十万支，而且还影响到士气、主帅的信心等。

却说曹操平白折了十五六万箭，心中气闷。荀攸进计曰："江东有周瑜、诸葛亮二人用计，急切难破。可差人去东吴诈降，为奸细内应，以通消息，方可图也。"操曰："此言正合吾意。汝料军中谁可行此计？"攸曰："蔡瑁被诛，蔡氏宗族，皆在军中。瑁之族弟蔡中、蔡和现为副将。丞相可以恩结之，差往诈降东吴，必不见疑。"操从之，当夜密唤二人入帐嘱付曰："汝二人可引些少军士，去东吴诈降。但有动静，使人密报。事成之后，重加封赏。休怀二心！"二人曰："吾等妻子俱在荆州，安敢怀二心，丞相勿疑。某二人必取周瑜、诸葛亮之首，献于麾下。"操厚赏之。次日，二人带五百军士，驾船数只，顺风望着南岸来。

> 大喜的原因，并非因其真降，而是喜其诈降。

且说周瑜正理会进兵之事，忽报江北有船来到江口，称是蔡瑁之弟蔡和、蔡中，特来投降。瑜唤入。二人哭拜曰："吾兄无罪，被操贼所杀。吾二人欲报兄仇，特来投降。望赐收录，愿为前部。"瑜大喜，重赏二人，即命与

第十一回　诸葛亮草船借箭

甘宁引军为前部。二人拜谢，以为中计。瑜密唤甘宁分付曰："此二人不带家小，非真投降，乃曹操使来为奸细者。吾今欲将计就计，教他通报消息。汝可殷勤相待，就里提防。至出兵之日，先要杀他两个祭旗。汝切须小心，不可有误。"甘宁领命而去。鲁肃入见周瑜曰："蔡中、蔡和之降，多应是诈，不可收用。"瑜叱曰："彼因曹操杀其兄，欲报仇而来降，何诈之有！你若如此多疑，安能容天下之士乎！"肃默然而退，乃往告孔明。孔明笑而不言。肃曰："孔明何故哂笑？"孔明曰："吾笑子敬不识公瑾用计耳。大江隔远，细作极难往来。操使蔡中、蔡和诈降，刺探我军中事，公瑾将计就计，正要他通报消息。兵不厌诈，公瑾之谋是也。"肃方才省悟。

> 为黄盖之事埋下伏笔。

> 周瑜已知二蔡为诈降，但仍配合他们演戏。

章回小结

以周瑜与孔明之间的智谋交锋为主线，情节环环相扣。如周瑜让孔明造箭，孔明草船借箭，随后两人又不约而同想到火攻之计，情节紧凑且富有戏剧性。曹操派人诈降，周瑜将计就计，增加了故事的复杂性和曲折性。前文周瑜嫉妒孔明，设计刁难，与后文周瑜对孔明的叹服形成呼应，使故事更加完整。故事充满精彩的智谋博弈：草船借箭展现了孔明对天文、地理的精通以及对人心的准确把握；周瑜与孔明暗中写"火"字，体现了两人英雄所见略同，又相互试探；蔡中、蔡和诈降以及周瑜的应对，展示了双方在战争中的谋略较量。草船借箭时的大雾天气，为成功借箭创造了条件，也烘托出紧张神秘的氛围。

三国演义

第十二回　赤壁之战计中计

> **导读**
>
> 孙刘联盟在大战曹操之前，使用了一系列的计策，如反间计、苦肉计、连环计、骄兵计等，还有"借东风"，可谓节节胜利。而曹操依仗兵多，盛气凌人，自以为胜券在握，却一再中计，一步步走向失败。一场大战即将来临，而双方斗智斗勇的招式陆续登场。赤壁之战的火攻策略已经选定，为了使计划顺利进行，庞统假意为曹操献上连环计，将船只首尾用铁环连锁，以减轻船只的晃动，缓解军士的不适感。曹操以为是"天助我也"欣然接受，却不知此举彻底葬送了曹军。

操拆书，就灯下观看。书略曰："盖受孙氏厚恩，本不当怀二心。然以今日事势论之：用江东六郡之卒，当中国百万之师，众寡不敌，海内所共见也。东吴将吏，无有智愚，皆知其不可。周瑜小子，偏怀浅戆①，自负其能，辄欲以卵敌石；兼之擅作威福，无罪受刑，有功不赏。盖系旧臣，无端为所摧辱，心实恨之！伏闻丞相诚心待物，虚怀纳士，盖愿率众归降，以图建功雪耻。粮草军仗，随船献纳。泣血拜白，万勿见疑。"曹操于几案上翻覆将书看

（旁注：所有计谋都在这两句中。为后文埋下伏笔。）

---

① 偏怀浅戆（gàng）：偏怀，心胸褊狭；浅戆，浅薄愚蠢。

第十二回　赤壁之战计中计

了十余次，忽然拍案张目大怒曰："黄盖用苦肉计，令汝下诈降书，就中取事，却敢来戏侮我耶！"便教左右推出斩之。左右将阚泽簇下。泽面不改容，仰天大笑。操教牵回，叱曰："吾已识破奸计，汝何故哂笑？"泽曰："吾不笑你。吾笑黄公覆不识人耳。"操曰："何不识人？"泽曰："杀便杀，何必多问！"操曰："吾自幼熟读兵书，深知奸伪之道。汝这条计，只好瞒别人，如何瞒得我！"泽曰："你且说书中那件事是奸计？"操曰："我说出你那破绽，教你死而无怨：你既是真心献书投降，如何不明约几时？你今有何理说？"阚泽听罢，大笑曰："亏汝不惶恐，敢自夸熟读兵书！还不及早收兵回去！倘若交战，必被周瑜擒矣！无学之辈！可惜吾屈死汝手！"操曰："何谓我无学？"泽曰："汝不识机谋，不明道理，岂非无学？"操曰："你且说我那几般不是处？"泽曰："汝无待贤之礼，吾何必言！但有死而已。"操曰："汝若说得有理，我自然敬服。"泽曰："岂不闻背主作窃，不可定期？倘今约定日期，急切下不得手，这里反来接应，事必泄漏。但可觑便而行，岂可预期相订乎？汝不明此理，欲屈杀好人，真无学之辈也！"操闻言，改容下席而谢曰："某见事不明，误犯尊威，幸勿挂怀。"泽曰："吾与黄公覆，倾心投降，如婴儿之望父母，岂有诈乎！"操大喜曰："若二人能建大功，他日受爵，必在诸人之上。"泽曰："某等非为爵禄而来，实应天顺人耳。"操取酒待之。

> 二人计谋已被明明白白地说破，让人不禁为黄盖惋惜，也为阚泽担忧。

> 语言描写：表现出阚泽的临危不惧和智勇双全。

> 阚泽真是博学善辩之人。前面已有孔明激孙权、周瑜，这里又见阚泽激曹操。

三国演义

> 心理描写：表现出阚泽已经猜透了曹操看信后的喜色。

少顷，有人入帐，于操耳边私语。操曰："将书来看。"其人以密书呈上。操观之，颜色颇喜。阚泽暗思："此必蔡中、蔡和来报黄盖受刑消息，操故喜我投降之事为真实也。"操曰："烦先生再回江东，与黄公覆约定，先通消息过江，吾以兵接应。"泽曰："某已离江东，不可复还。望丞相别遣机密人去。"操曰："若他人去，事恐泄漏。"泽再三推辞；良久，乃曰："若去则不敢久停，便当行矣。"操赐以金帛，泽不受。辞别出营，再驾扁舟，重回江东，来见黄盖，细说前事。盖曰："非公能辩，则盖徒受苦矣。"泽曰："吾今去甘宁寨中，探蔡中、蔡和消息。"盖曰："甚善。"泽至宁寨，宁接入，泽曰："将军昨为救黄公覆，被周公瑾所辱，吾甚不平。"宁笑而不答。

> 一系列语言、动作、表情等的描写，表达出对周瑜的痛恨。此时的阚泽、甘宁在演戏给二蔡看。

正话间，蔡和、蔡中至。泽以目送甘宁，宁会意，乃曰："周公瑾只自恃其能，全不以我等为念。我今被辱，羞见江左诸人！"说罢，咬牙切齿，拍案大叫。泽乃虚与宁耳边低语。宁低头不言，长叹数声。蔡和、蔡中见宁、泽皆有反意，以言挑之曰："将军何故烦恼？先生有何不平？"泽曰："吾等腹中之苦，汝岂知耶！"蔡和曰："莫非欲背吴投曹耶？"阚泽失色，甘宁拔剑而起曰："吾事已为窥破，不可不杀之以灭口！"蔡和、蔡中慌曰："二公勿忧。吾亦当以心腹之事相告。"宁曰："可速言之！"蔡和曰："吾二人乃曹公使来诈降者。二公若有归顺之心，吾当引进。"宁曰："汝言果真？"二人齐声曰："安敢相欺！"宁佯喜曰：

第十二回　赤壁之战计中计

"若如此，是天赐其便也！"二蔡曰："黄公覆与将军被辱之事，吾已报知丞相矣。"泽曰："吾已为黄公覆献书丞相，今特来见兴霸，相约同降耳。"宁曰："大丈夫既遇明主，自当倾心相投。"于是四人共饮，同论心事。二蔡即时写书，密报曹操，说"甘宁与某同为内应"。阚泽另自修书，遣人密报曹操，书中具言：黄盖欲来，未得其便；但看船头插青牙旗而来者，即是也。

却说曹操连得二书，心中疑惑不定，聚众谋士商议曰："江左甘宁，被周瑜所辱，愿为内应；黄盖受责，令阚泽来纳降：俱未可深信。谁敢直入周瑜寨中，探听实信？"蒋干进曰："某前日空往东吴，未得成功，深怀惭愧。今愿舍身再往，务得实信，回报丞相。"操大喜，即时令蒋干上船。

嘴上接受，内心怀疑，写出曹操的奸猾。

干驾小舟，径到江南水寨边，便使人传报。周瑜听得干又到，大喜曰："吾之成功，只在此人身上！"遂嘱付鲁肃："请庞士元来，为我如此如此。"原来襄阳庞统，字士元，因避乱寓居江东，鲁肃曾荐之于周瑜。统未及往见，瑜先使肃问计于统曰："破曹当用何策？"统密谓肃曰："欲破曹兵，须用火攻；但大江面上，一船着火，余船四散；除非献连环计，教他钉作一处，然后功可成也。"肃以告瑜，瑜深服其论，因谓肃曰："为我行此计者，非庞士元不可。"肃曰："只怕曹操奸猾，如何去得？"周瑜沉吟未决。正寻思没个机会，忽报蒋干又来。瑜大喜，一面分付庞统用计；一面坐于帐上，使人请干。

周瑜善用蒋干，早有谋划。

第四个选择火攻之计的人。同时解释了何谓"连环计"，与王允的"连环计"有别。

三国演义

干见不来接，心中疑虑，教把船于僻静岸口缆系，乃入寨见周瑜。瑜作色曰："子翼何故欺吾太甚？"蒋干笑曰："吾想与你乃旧日弟兄，特来吐心腹事，何言相欺也？"瑜曰："汝要说我降，除非海枯石烂！前番吾念旧日交情，请你痛饮一醉，留你共榻；你却盗吾私书，不辞而去，归报曹操，杀了蔡瑁、张允，致使吾事不成。今日无故又来，必不怀好意！吾不看旧日之情，一刀两段！本待送你过去，争奈吾一二日间，便要破曹贼；待留你在军中，又必有泄漏。"便教左右："送子翼往西山庵中歇息。待吾破了曹操，那时渡你过江未迟。"蒋干再欲开言，周瑜已入帐后去了。

左右取马与蒋干乘坐，送到西山背后小庵歇息，拨两个军人伏侍。干在庵内，心中忧闷，寝食不安。是夜星露满天，独步出庵后，只听得读书之声。信步寻去，见山岩畔有草屋数椽，内射灯光。干往窥之，只见一人挂剑灯前，诵孙、吴兵书。干思："此必异人也。"叩户请见。其人开门出迎，仪表非俗。干问姓名，答曰："姓庞，名统，字士元。"干曰："莫非凤雏先生否？"统曰："然也。"干喜曰："久闻大名，今何僻居此地？"答曰："周瑜自恃才高，不能容物，吾故隐居于此。公乃何人？"干曰："吾蒋干也。"统乃邀入草庵，共坐谈心。干曰："以公之才，何往不利？如肯归曹，干当引进。"统曰："吾亦欲离江东久矣。公既有引进之心，即今便当一行。如迟则周瑜闻之，必将见害。"于是与干连夜下山，至江边寻着原来船只，飞棹投江北。

既至操寨，干先入见，备达前事。操闻凤雏先生来，亲自出帐迎入，分宾主坐定，问曰："周瑜年幼，恃才欺众，不用良谋。操久闻先生大名，今得惠顾，乞不吝教诲。"统曰："某素闻丞相用

第十二回 赤壁之战计中计

兵有法，今愿一睹军容。"操教备马，先邀统同观旱寨。统与操并马登高而望。统曰："傍山依林，前后顾盼，出入有门，进退曲折，虽孙、吴再生，穰苴①复出，亦不过此矣。"操曰："先生勿得过誉，尚望指教。"于是又与同观水寨。见向南分二十四座门，皆有艨艟战舰，列为城郭，中藏小船，往来有巷，起伏有序，统笑曰："丞相用兵如此，名不虚传！"因指江南而言曰："周郎，周郎！克期必亡！"操大喜。回寨，请入帐中，置酒共饮，同说兵机。统高谈雄辩，应答如流。操深敬服，殷勤相待。统佯醉曰："敢问军中有良医否？"操问何用。统曰："水军多疾，须用良医治之。"时操军因不服水土，俱生呕吐之疾，多有死者，操正虑此事；忽闻统言，如何不问？统曰："丞相教练水军之法甚妙，但可惜不全。"操再三请问。统曰："某有一策，使大小水军，并无疾病，安稳成功。"操大喜，请问妙策。统曰："大江之中，潮生潮落，风流不息；北兵不惯乘舟，受此颠播，便生疾病。若以大船小船各皆配搭，或三十为一排，或五十为一排，首尾用铁环连锁，上铺阔板，休言人可渡，马亦可走矣，乘此而行，任他风浪潮水上下，复何惧哉？"曹操下席而谢曰："非先生良谋，安能破东吴耶！"统曰："愚浅之见，丞相自裁之。"操即时传令，唤军中铁匠，连夜打造连环大钉，锁住船只。诸军闻之，俱各喜悦。后人有诗

把曹操与历史上著名的军事家孙武、吴起和司马穰苴相提并论，意在恭维他。

阚泽见曹操，先激而后诳；庞统见曹操，先诳而后讽。情形相似，写法不同。

①穰苴（ráng jū）：司马穰苴，春秋时齐国人，兵法家。

113

曰："赤壁鏖兵用火攻，运筹决策尽皆同。若非庞统连环计，公瑾安能立大功？"

庞统又谓操曰："某观江左豪杰，多有怨周瑜者；某凭三寸舌，为丞相说之，使皆来降。周瑜孤立无援，必为丞相所擒。瑜既破，则刘备无所用矣。"操曰："先生果能成大功，操请奏闻天子，封为三公之列。"统曰："某非为富贵，但欲救万民耳。丞相渡江，慎勿杀害。"操曰："吾替天行道，安忍杀戮人民！"统拜求榜文，以安宗族。操曰："先生家属，现居何处？"统曰："只在江边。若得此榜，可保全矣。"操命写榜佥押付统。统拜谢曰："别后可速进兵，休待周郎知觉。"操然之。统拜别，至江边，正欲下船，忽见岸上一人，道袍竹冠，一把扯住统曰："你好大胆！黄盖用苦肉计，阚泽下诈降书，你又来献连环计：只恐烧不尽绝！你们把出这等毒手来，只好瞒曹操，也须瞒我不得！"唬得庞统魂飞魄散。正是：莫道东南能制胜，谁云西北独无人？

却说庞统闻言，吃了一惊，急回视其人，原来却是徐庶。统见是故人，心下方定。回顾左右无人，乃曰："你若说破我计，可惜江南八十一州百姓，皆是你送了也！"庶笑曰："此间八十三万人马，性命如何？"统曰："元直真欲破我计耶？"庶曰："吾感刘皇叔厚恩，未尝忘报。曹操送死吾母，吾已说过终身不设一谋，今安肯破兄良策？只是我亦随军在此，兵败之后，玉石不分，岂能免难？君当教我脱身之术，我即缄口远避矣。"统笑曰：

庞统临别偏有许多言语。阚泽妙在速行，庞统妙在缓行。写法不同。

第十二回　赤壁之战计中计

"元直如此高见远识，谅此有何难哉！"庶曰："愿先生赐教。"统去徐庶耳边略说数句。庶大喜，拜谢。庞统别却徐庶，下船自回江东。

> 留一悬念，留待后文揭晓徐庶脱身之计。

且说徐庶当晚密使近人去各寨中暗布谣言。次日，寨中三三五五，交头接耳而说。早有探事人报知曹操，说："军中传言西凉州韩遂、马腾谋反，杀奔许都来。"操大惊，急聚众谋士商议曰："吾引兵南征，心中所忧者，韩遂、马腾耳。军中谣言，虽未辨虚实，然不可不防。"言未毕，徐庶进曰："庶蒙丞相收录，恨无寸功报效。请得三千人马，星夜往散关把住隘口；如有紧急，再行告报。"操喜曰："若得元直去，吾无忧矣！散关之上，亦有军兵，公统领之。目下拨三千马步军，命臧霸为先锋，星夜前去，不可稽迟。"徐庶辞了曹操，与臧霸便行。此便是庞统救徐庶之计。后人有诗曰："曹操征南日日忧，马腾韩遂起戈矛。凤雏一语教徐庶，正似游鱼脱钓钩。"

> 此处明写一句，照应上文耳语数句。

曹操自遣徐庶去后，心中稍安，遂上马先看沿江旱寨，次看水寨。乘大船一只于中央，上建帅字旗号，两傍皆列水寨，船上埋伏弓弩千张。操居于上。时建安十三年冬十一月十五日，天气晴明，平风静浪。操令："置酒设乐于大船之上，吾今夕欲会诸将。"天色向晚，东山月上，皎皎如同白日。长江一带，如横素练①。操坐大船之上，左右侍御者数百人，皆锦衣绣袄，荷戈执戟。文武众

---

① 素练：白绸。

官，各依次而坐。操见南屏山色如画，东视柴桑之境，西观夏口之江，南望樊山，北觑乌林，四顾空阔，心中欢喜，谓众官曰："吾自起义兵以来，与国家除凶去害，誓愿扫清四海，削平天下；所未得者江南也。今吾有百万雄师，更赖诸公用命，何患不成功耶！收服江南之后，天下无事，与诸公共享富贵，以乐太平。"文武皆起谢曰："愿得早奏凯歌！我等终身皆赖丞相福荫。"操大喜，命左右行酒。饮至半夜，操酒酣，遥指南岸曰："周瑜、鲁肃，不识天时！今幸有投降之人，为彼心腹之患，此天助吾也。"荀攸曰："丞相勿言，恐有泄漏。"操大笑曰："座上诸公，与近侍左右，皆吾心腹之人也，言之何碍！"又指夏口曰："刘备、诸葛亮，汝不料蝼蚁之力，欲撼泰山，何其愚耶！"顾谓诸将曰："吾今年五十四岁矣，如得江南，窃有所喜。昔日乔公与吾至契，吾知其二女皆有国色。后不料为孙策、周瑜所娶。吾今新构铜雀台于漳水之上，如得江南，当娶二乔，置之台上，以娱暮年，吾愿足矣！"言罢大笑。唐人杜牧之有诗曰："折戟沉沙铁未消，自将磨洗认前朝。东风不与周郎便，铜雀春深锁二乔。"

曹操正笑谈间，忽闻鸦声望南飞鸣而去。操问曰："此鸦缘何夜鸣？"左右答曰："鸦见月明，疑是天晓，故离树而鸣也。"操又大笑。时操已醉，乃取槊立于船头上，以酒奠于江中，满饮三爵，横槊谓诸将曰："我持此槊，破黄巾、擒吕布、灭袁术、收袁绍，深入塞北，直抵

第十二回　赤壁之战计中计

辽东，纵横天下：颇不负大丈夫之志也。今对此景，甚有慷慨。吾当作歌，汝等和之。"歌曰：

"对酒当歌，人生几何；譬如朝露，去日苦多。
慨当以慷，忧思难忘；何以解忧，惟有杜康。
青青子衿，悠悠我心；但为君故，沉吟至今。
呦呦鹿鸣，食野之苹；我有嘉宾，鼓瑟吹笙。
皎皎如月，何时可辍？忧从中来，不可断绝！
越陌度阡，枉用相存；契阔谈䜩，心念旧恩。
月明星稀，乌鹊南飞；绕树三匝，无枝可依。
山不厌高，水不厌深。周公吐哺，天下归心。"

歌罢，众和之，共皆欢笑。忽座间一人进曰："大军相当之际，将士用命之时。丞相何故出此不吉之言？"操视之，乃扬州刺史，沛国相人，姓刘，名馥，字元颖。馥起自合淝，创立州治，聚逃散之民，立学校，广屯田，兴治教，久事曹操，多立功绩。当下操横槊问曰："吾言有何不吉？"馥曰："月明星稀，乌鹊南飞；绕树三匝，无枝可依。此不吉之言也。"操大怒曰："汝安敢败吾兴！"手起一槊，刺死刘馥。众皆惊骇。遂罢宴。次日，操酒醒，懊恨不已。馥子刘熙，告请父尸归葬。操泣曰："吾昨因醉误伤汝父，悔之无及。可以三公厚礼葬之。"又拨军士护送灵柩，即日回葬。

次日，水军都督毛玠、于禁诣帐下，请曰："大小船只，俱已配搭连锁停当。旌旗战具，一一齐备。请丞相调遣，克日进兵。"操至水军中央大战船上坐定，唤集请

苏轼《前赤壁赋》亦引此四句，认为这正象征曹操被周瑜所困。南飞的乌鹊无枝可依，是在说曹操南征而无所得。

将,各各听令。水旱二军,俱分五色旗号:水军中央黄旗毛玠、于禁,前军红旗张郃,后军皂旗吕虔,左军青旗文聘,右军白旗吕通;马步前军红旗徐晃,后军皂旗李典,左军青旗乐进,右军白旗夏侯渊。水陆路都接应使:夏侯惇、曹洪;护卫往来监战使:许褚、张辽。其余骁将,各依队伍。令毕,水军寨中发擂三通,各队伍战船,分门而出。是日西北风骤起,各船拽起风帆,冲波激浪,稳如平地。北军在船上,踊跃施勇,刺枪使刀。前后左右各军,旗幡不杂。又有小船五十余只,往来巡警催督。操立于将台之上,观看调练,心中大喜,以为必胜之法;教且收住帆幔,各依次序回寨。

> 写西北风,正与下文写东南风相对照。

> 为下文曹操逃命埋下伏笔。

操升帐谓众谋士曰:"若非天命助吾,安得凤雏妙计?铁索连舟,果然渡江如履平地。"程昱曰:"船皆连锁,固是平稳;但彼若用火攻,难以回避。不可不防。"操大笑曰:"程仲德虽有远虑,却还有见不到处。"荀攸曰:"仲德之言甚是。丞相何故笑之?"操曰:"凡用火攻,必藉风力。方今隆冬之际,但有西风北风,安有东风南风耶?吾居于西北之上,彼兵皆在南岸,彼若用火,是烧自己之兵也,吾何惧哉?若是十月小春之时,吾早已提备矣。"诸将皆拜伏曰:"丞相高见,众人不及。"操顾诸将曰:"青、徐、燕、代之众,不惯乘舟。今非此计,安能涉大江之险!"

> 曹操内心自有衡量,也是其奸猾之处。不料,成事在天。

第十二回　赤壁之战计中计

章回小结

　　情节设计巧妙复杂，多个计谋相互交织，环环相扣。从黄盖苦肉计、阚泽诈降，到庞统献连环计，再到徐庶借机脱身，每一计都为赤壁之战的局势发展埋下重要伏笔，充分展现了战争中的谋略较量。人物刻画细致入微：曹操形象多面立体，既有志得意满时的张狂，又有对待人才的笼络之态，还有醉酒杀人后的懊悔；庞统智谋超群，能巧妙应对曹操的各种询问，成功献计；周瑜深谋远虑，统筹布局；蒋干则愚钝自负，成为被利用的对象。通过对曹操宴群臣时的欢乐氛围、横槊赋诗的豪迈场景的描写，与即将面临的危机形成强烈反差，营造出紧张与松弛交织的气氛。人物之间的对话富有智慧和策略，展现了各自的性格，如庞统与曹操的对话，尽显庞统的巧言善辩和曹操的轻信。曹操的盲目自信与程昱等人的谨慎形成鲜明对比，突出了曹操在胜利在望时的疏忽大意，为最终的失败留下隐患。

三国演义

第十三回　三江口周瑜纵火

导读

赤壁之战是《三国演义》中写得最出色的篇章，前后有8回。整个战争中充满了智慧和谋略的较量，战争的胜负也随之逐步确定下来。就在一切进展顺利之时，周瑜突然病倒。诸葛亮为之开出了十六字药方："欲破曹公，宜用火攻；万事俱备，只欠东风。"接着，诸葛亮建造"七星坛"，要为"火烧赤壁"借来东风。小说中并未明言诸葛亮是否以法术借来东风，也许只是凭借自己掌握的天文知识预测到东风，书中提及"作法""借三日三夜东南大风"，也都是借角色之口在对话中说起。至于诸葛亮建造"七星坛"，以及装腔作势、故弄玄虚，实为震慑江东，也为安全脱身。东南风刮起，决战的时刻到来。

却说曹操在大寨中，与众将商议，只等黄盖消息。当日东南风起甚紧。程昱入告曹操曰："今日东南风起，宜预提防。"操笑曰："冬至一阳生，来复之时，安得无东南风？何足为怪！"军士忽报江东一只小船来到，说有黄盖密书。操急唤入。其人呈上书。书中诉说："周瑜关防得紧，因此无计脱身。今有鄱阳湖新运到粮，周瑜差盖巡哨，已有方便。好歹杀江东名将，献首来降。只在今晚二

曹操泰然处之，与下文中受到火攻时仓皇而逃形成对比。

第十三回 三江口周瑜纵火

更,船上插青龙牙旗者,即粮船也。"操大喜,遂与众将来水寨中大船上,观望黄盖船到。

且说江东,天色向晚,周瑜唤出蔡和,令军士缚倒。和叫:"无罪!"瑜曰:"汝是何等人,敢来诈降!吾今缺少福物①祭旗,愿借你首级。"和抵赖不过,大叫曰:"汝家阚泽、甘宁亦曾与谋!"瑜曰:"此乃吾之所使也。"蔡和悔之无及。瑜令捉至江边皂纛②旗下,奠酒烧纸,一刀斩了蔡和,用血祭旗毕,便令开船。黄盖在第三只火船上,独披掩心,手提利刃,旗上大书"先锋黄盖"。盖乘一天顺风,望赤壁进发。<u>是时东风大作,波浪汹涌</u>。操在中军遥望隔江,看看月上,照耀江水,如万道金蛇,翻波戏浪。操迎风大笑,自以为得志。忽一军指说:"江南隐隐一簇帆幔,使风而来。"操凭高望之。报称:"皆插青龙牙旗。内中有大旗,上书先锋黄盖名字。"操笑曰:"公覆来降,此天助我也!"来船渐近。程昱观望良久,谓操曰:"来船必诈。且休教近寨。"操曰:"何以知之?"程昱曰:"粮在船中,船必稳重;今观来船,轻而且浮。更兼今夜东南风甚紧,倘有诈谋,何以当之?"操省悟,便问:"谁去止之?"文聘曰:"某在水上颇熟,愿请一往。"言毕,跳下小船,用手一指,十数只巡船,随文聘船出。聘立于船头,大叫:"丞相钧

> 景物描写:写月、写波,其实是在写风势。

---

① 福物:祭品。
② 纛(dào):古代用毛羽做的舞具或帝王车舆上的饰物。古时军队或仪仗队的大旗。

121

旨：南船且休近寨，就江心抛住。"众军齐喝："快下了篷！"言未绝，弓弦响处，文聘被箭射中左臂，倒在船中。船上大乱，各自奔回。南船距操寨止隔二里水面。黄盖用刀一招，前船一齐发火。火趁风威，风助火势，船如箭发，烟焰涨天。二十只火船，撞入水寨，曹寨中船只一时尽着；又被铁环锁住，无处逃避。隔江炮响，四下火船齐到，但见三江面上，火逐风飞，一派通红，漫天彻地。曹操回观岸上营寨，几处烟火。黄盖跳在小船上，背后数人驾舟，冒烟突火，来寻曹操。操见势急，方欲跳上岸，忽张辽驾一小脚船，扶操下得船时，那只大船，已自着了。张辽与十数人保护曹操，飞奔岸口。黄盖望见穿绛红袍者下船，料是曹操，乃催船速进，手提利刃，高声大叫："曹贼休走！黄盖在此！"操叫苦连声。张辽拈弓搭箭，觑着黄盖较近，一箭射去。此时风声正大，黄盖在火光中，那里听得弓弦响？正中肩窝，翻身落水。正是：火厄盛时遭水厄，棒疮愈后患金疮。

却说当夜张辽一箭射黄盖下水，救得曹操登岸，寻着马匹走时，军已大乱。韩当冒烟突火来攻水寨，忽听得士卒报道："后梢舵上一人，高叫将军表字。"韩当细听，但闻高叫"义公救我！"当曰："此黄公覆也！"急教救起。见黄盖负箭着伤，咬出箭杆，箭头陷在肉内。韩当急为脱去湿衣，用刀剜出箭头，扯旗束之，脱自己战袍与黄盖穿了，先令别船送回大寨医治。原来黄盖深知水性，故大寒之时，和甲堕江，也逃得性命。

旁注：
此时方见连环计的妙处！刚才见"万道金蛇"，此时却是"万条火龙"。

前以五十只小船为往来巡警之用，原来是为曹操救命用的。前后呼应。

正读得快意，不禁又为老黄盖担心起来。

黄盖苦肉于前，又苦肉于后，勇不避难，极写其忠。

第十三回　三江口周瑜纵火

却说当日满江火滚，喊声震地。左边是韩当、蒋钦两军从赤壁西边杀来；右边是周泰、陈武两军从赤壁东边杀来；正中是周瑜、程普、徐盛、丁奉大队船只都到。火须兵应，兵仗火威。此正是：三江水战，赤壁鏖兵。曹军着枪中箭、火焚水溺者，不计其数。后人有诗曰："魏吴争斗决雌雄，赤壁楼船一扫空。烈火初张照云海，周郎曾此破曹公。"又有一绝云："山高月小水茫茫，追叹前朝割据忙。南士无心迎魏武，东风有意便周郎。"

不说江中鏖兵。且说甘宁令蔡中引入曹寨深处，宁将蔡中一刀砍于马下，就草上放起火来。吕蒙遥望中军火起，也放十数处火，接应甘宁。潘璋、董袭分头放火呐喊，四下里鼓声大震。曹操与张辽引百余骑，在火林内走，看前面无一处不着。正走之间，毛玠救得文聘，引十数骑到。操令军寻路。张辽指道："只有乌林地面，空阔可走。"操径奔乌林。正走间，背后一军赶到，大叫："曹贼休走！"火光中现出吕蒙旗号。操催军马向前，留张辽断后，抵敌吕蒙。却见前面火把又起，从山谷中拥出一军，大叫："凌统在此！"曹操肝胆皆裂。忽刺斜里一彪军到，大叫："丞相休慌！徐晃在此！"彼此混战一场，夺路望北而走。忽见一队军马，屯在山坡前。徐晃出问，乃是袁绍手下降将马延、张顗，有三千北地军马，列寨在彼；当夜见满天火起，未敢转动，恰好接着曹操。操教二将引一千军马开路，其余留着护身。操得这枝生力军马，心中稍安。

先是总写一笔，然后把四队水军分成左右，最后是中军，叙述有条不紊。

第一队、第三队、第五队、第六队旱军战况。

第四队旱军出现。

123

马延、张颉二将飞骑前行。不到十里,喊声起处,一彪军出。为首一将,大呼曰:"吾乃东吴甘兴霸也!"马延正欲交锋,早被甘宁一刀斩于马下;张颉挺枪来迎,宁大喝一声,措手不及,被宁手起一刀,翻身落马。后军飞报曹操。操此时指望合淝有兵救应;不想孙权在合淝路口,望见江中火光,知是我军得胜,便教陆逊举火为号,太史慈见了,与陆逊合兵一处,冲杀将来。操只得望彝陵而走。路上撞见张郃,操令断后。纵马加鞭,走至五更,回望火光渐远,操心方定,问曰:"此是何处?"左右曰:"此是乌林之西,宜都之北。"操见树木丛杂,山川险峻,乃于马上仰面大笑不止。诸将问曰:"丞相何故大笑?"操曰:"吾不笑别人,单笑周瑜无谋,诸葛亮少智。若是吾用兵之时,预先在这里伏下一军,如之奈何?"说犹未了,两边鼓声震响,火光竟天而起,惊得曹操几乎坠马。刺斜里一彪军杀出,大叫:"我赵子龙奉军师将令,在此等候多时了!"操教徐晃、张郃双敌赵云,自己冒烟突火而去。子龙不来追赶,只顾抢夺旗帜。曹操得脱。

天色微明,黑云罩地,东南风尚不息。忽然大雨倾盆,湿透衣甲。操与军士冒雨而行,诸军皆有饥色。操令军士往村落中劫掠粮食,寻觅火种。方欲造饭,后面一军赶到。操心甚慌。原来却是李典、许褚保护着众谋士来到,操大喜,令军马且行,问:"前面是那里地面?"人报:"一边是南彝陵大路,一边是北彝陵山路。"操曰:"那里投南郡江陵去近?"军士禀曰:"取南彝陵过葫芦

直到此时,第二队旱军才出现。六路旱军,被叙述得错落有致,各有声势。同时又与分兵派将照应起来,分毫不差。

曹操逃命路上的第一笑。

前是周郎之火,此是孔明之火。

第十三回 三江口周瑜纵火

口去最便。"操教走南彝陵。行至葫芦口,军皆饥馁,行走不上,马亦困乏,多有倒于路者。操教前面暂歇。马上有带得锣锅的,也有村中掠得粮米的,便就山边拣干处埋锅造饭,割马肉烧吃。尽皆脱去湿衣,于风头吹晒;马皆摘鞍野放,咽咬草根。操坐于疏林之下,仰面大笑。众官问曰:"适来丞相笑周瑜、诸葛亮,引惹出赵子龙来,又折了许多人马。如今为何又笑?"操曰:"吾笑诸葛亮、周瑜毕竟智谋不足。若是我用兵时,就这个去处,也埋伏一彪军马,以逸待劳;我等纵然脱得性命,也不免重伤矣。彼见不到此,我是以笑之。"正说间,前军后军一齐发喊,操大惊,弃甲上马。众军多有不及收马者。早见四下火烟布合,山口一军摆开,为首乃燕人张翼德,横矛立马,大叫:"操贼走那里去!"诸军众将见了张飞,尽皆胆寒。许褚骑无鞍马来战张飞。张辽、徐晃二将,纵马也来夹攻。两边军马混战做一团。操先拨马走脱,诸将各自脱身。张飞从后赶来。操迤逦奔逃,追兵渐远,回顾众将多已带伤。

> 曹操逃命路上的第二笑。

正行时,军士禀曰:"前面有两条路,请问丞相从那条路去?"操问:"那条路近?"军士曰:"大路稍平,却远五十余里。小路投华容道,却近五十余里;只是地窄路险,坑坎难行。"操令人上山观望,回报:"小路山边有数处烟起;大路并无动静。"操教前军便走华容道小路。诸将曰:"烽烟起处,必有军马,何故反走这条路?"操曰:"岂不闻兵书有云:虚则实之,实则虚之。

三国演义

诸葛亮多谋,故使人于山僻烧烟,使我军不敢从这条山路走,他却伏兵于大路等着。吾料已定,偏不教中他计!"诸将皆曰:"丞相妙算,人不可及。"遂勒兵走华容道。此时人皆饥倒,马尽困乏。焦头烂额者扶策①而行,中箭着枪者勉强而走。衣甲湿透,个个不全;军器旗幡,纷纷不整:大半皆是彝陵道上被赶得慌,只骑得秃马,鞍辔衣服,尽皆抛弃。正值隆冬严寒之时,其苦何可胜言。

> 极写曹操狼狈,以衬托关公释放曹军之"义"。

操见前军停马不进,问是何故。回报曰:"前面山僻路小,因早晨下雨,坑堑内积水不流,泥陷马蹄,不能前进。"操大怒,叱曰:"军旅逢山开路,遇水叠桥,岂有泥泞不堪行之理!"传下号令,教老弱中伤军士在后慢行,强壮者担土束柴,搬草运芦,填塞道路。务要即时行动,如违令者斩。众军只得都下马,就路旁砍伐竹木,填塞山路。操恐后军来赶,令张辽、许褚、徐晃引百骑执刀在手,但迟慢者便斩之。此时军已饿乏,众皆倒地,操喝令人马践踏而行,死者不可胜数。号哭之声,于路不绝。操怒曰:"生死有命,何哭之有!如再哭者立斩!"三停人马:一停落后,一停填了沟壑,一停跟随曹操。过了险峻,路稍平坦。操回顾止有三百余骑随后,并无衣甲袍铠整齐者。操催速行。众将曰:"马尽乏矣,只好少歇。"操曰:"赶到荆州将息未迟。"又行不到数里,操在马上扬鞭大笑。众将问:"丞相何又大笑?"操曰:"人皆言

> 曹操逃命路上的第三笑。曹操的三次大笑是文中的一个亮点,既表现了他的自负,又为后文的情节发展制造了悬念。他每次大笑之后,都会引出新的伏兵,使故事更加跌宕起伏。

---

① 扶策:拄着拐棍。

第十三回　三江口周瑜纵火

周瑜、诸葛亮足智多谋，以吾观之，到底是无能之辈。若使此处伏一旅之师，吾等皆束手受缚矣。"

言未毕，一声炮响，两边五百校刀手摆开，为首大将关云长，提青龙刀，跨赤兔马，截住去路。操军见了，亡魂丧胆，面面相觑。操曰："既到此处，只得决一死战！"众将曰："人纵然不怯，马力已乏，安能复战？"程昱曰："某素知云长傲上而不忍下，欺强而不凌弱；恩怨分明，信义素著。丞相旧日有恩于彼，今只亲自告之，可脱此难。"操从其说，即纵马向前，欠身谓云长曰："将军别来无恙！"云长亦欠身答曰："关某奉军师将令，等候丞相多时。"操曰："曹操兵败势危，到此无路，望将军以昔日之情为重。"云长曰："昔日关某虽蒙丞相厚恩，然已斩颜良，诛文丑，解白马之围，以奉报矣。今日之事，岂敢以私废公？"操曰："五关斩将之时，还能记否？大丈夫以信义为重。将军深明《春秋》，岂不知庾公之斯追子濯孺子之事乎？"①云长是个义重如山之人，想起当日曹操许多恩义，与后来五关斩将之事，如何不动心？又见曹军惶惶，皆欲垂泪，一发心中不忍。于是把马头勒回，谓众军曰："四散摆开。"这个分明是放曹操的意思。操见云长回马，便和众将一齐冲将过去。云

> 孔明了解关羽，程昱也了解。关羽必放曹操通过。

> 不骂"操贼"，而称"丞相"，这样的细节写出了关羽有不杀之意。

> 斩将之事关羽与曹操尚未了结。关羽喜欢读《春秋》，曹操就拿此说事，希望关羽能像庾公之斯一样讲信义，放了他。使用典故能够言约意丰。

---

① 春秋时，郑国派子濯孺子侵犯卫国。卫国派庾公之斯追击子濯孺子，两人都擅长射箭，但子濯孺子因病无法拿弓应战。庾公之斯对他说："我跟尹公之他学射箭，尹公之他又跟您学射箭，我不忍用您的射箭技术反过来伤害您。国君交付的事，又不能不办。"于是，他敲掉箭头，射了四箭后，回去了。

> 一"喝"字，写出关羽的声势；一"叹"字，写出他的不忍之情，也把他的"不凌弱"、重情义展现得淋漓尽致。

长回身时，曹操已与众将过去了。云长大喝一声，众军皆下马，哭拜于地。云长愈加不忍。正犹豫间，张辽纵马而至。云长见了，又动故旧之情，长叹一声，并皆放去。后人有诗曰："曹瞒兵败走华容，正与关公狭路逢。只为当初恩义重，放开金锁走蛟龙。"

曹操既脱华容之难，行至谷口，回顾所随军兵，止有二十七骑。比及天晚，已近南郡，火把齐明，一簇人马拦路。操大惊曰："吾命休矣！"只见一群哨马冲到，方认得是曹仁军马。操才心安。曹仁接着，言："虽知兵败，不敢远离，只得在附近迎接。"操曰："几与汝不相见也！"于是引众入南郡安歇。随后张辽也到，说云长之德。操点将校，中伤者极多，操皆令将息。曹仁置酒与操解闷。众谋士俱在座。操忽仰天大恸。众谋士曰："丞相于虎窟中逃难之时，全无惧怯；今到城中，人已得食，马已得料，正须整顿军马复仇，何反痛哭？"操曰："吾哭郭奉孝耳！若奉孝在，决不使吾有此大失也！"遂捶胸大哭曰："哀哉，奉孝！痛哉，奉孝！惜哉，奉孝！"众谋士皆默然自惭。次日，操唤曹仁曰："吾今暂回许都，收拾军马，必来报仇。汝可保全南郡。吾有一计，密留在此，非急休开，急则开之。依计而行，使东吴不敢正视南郡。"仁曰："合淝、襄阳，谁可保守？"操曰："荆州托汝管领；襄阳吾已拨夏侯惇守把；合淝最为紧要之地，吾令张辽为主将，乐进、李典为副将，保守此地。但有缓急，飞报将来。"操分拨已定，遂上马引众奔回许昌。荆

> 哭死者给活人看，是对众谋士的无言责备。

第十三回 三江口周瑜纵火

州原降文武各官，依旧带回许昌调用。曹仁自遣曹洪据守彝陵、南郡，以防周瑜。

却说关云长放了曹操，引军自回。此时诸路军马，皆得马匹、器械、钱粮，已回夏口；独云长不获一人一骑，空身回见玄德。孔明正与玄德作贺，忽报云长至。孔明忙离坐席，执杯相迎曰："且喜将军立此盖世之功，与普天下除大害。合宜远接庆贺！"云长默然。孔明曰："将军莫非因吾等不曾远接，故尔不乐？"回顾左右曰："汝等缘何不先报？"云长曰："关某特来请死。"孔明曰："莫非曹操不曾投华容道上来？"云长曰："是从那里来。关某无能，因此被他走脱。"孔明曰："拿得甚将士来？"云长曰："皆不曾拿。"孔明曰："此是云长想曹操昔日之恩，故意放了。但既有军令状在此，不得不按军法。"遂叱武士推出斩之。正是：拚将一死酬知己，致令千秋仰义名。

章回小结

以赤壁之战曹操大败为背景，详细描绘了火攻的激烈场面，让读者感受到战争的残酷和紧张。曹操一路奔逃，遭遇多次拦截，情节紧凑，充满意外和转折。通过曹操在败逃过程中的一系列表现，如多次大笑、决策指挥等，展现了他复杂的性格特点，既有自负、多疑的一面，又有果断和随机应变的一面。故事中关羽义释曹操这一情节，充分展现了关羽的重情重义。将曹操的狼狈与孙刘联军的胜利进行对比，突出了孙刘联军的智谋和英勇。对恶劣天气和艰难环境的描写，进一步突出了曹操军队的困境，渲染了曹操败逃的凄惨氛围。通过战争的胜负，体现了智谋、勇气、义气等在战争中的重要作用，以及历史发展的必然趋势。

第四阶段：风云变幻命运舛

阅读篇目 第十四回至第二十回

阅读策略 关注忠义主题的专题阅读，体会人物抉择背后的价值观

关云长刮骨疗毒尽显英雄气概，失荆州败走麦城令人惋惜；曹操一代奸雄终陨落，历史车轮滚滚向前；火烧连营七百里，刘备大业遭受重创；白帝城托孤，尽显君臣之间的深情与重托；汉丞相星陨五丈原，壮志未酬身先死；后主刘禅乐不思蜀，蜀汉终成历史。这些精彩篇章展现了历史的无常与人物的命运起伏。

仔细在书中标记体现忠义的情节，对比人物在忠义表现上的异同，分析他们做出不同抉择的原因，深刻体会忠义在那个动荡的时代所具有的重要意义，以及不同的价值观所导致的截然不同的人生走向和历史评价。

忠义

关羽刮骨疗毒时展现出非凡的勇气和忍耐，他不惧怕疼痛，一心只想早日康复继续为蜀汉效力，这种对主公和国家的忠诚令人钦佩。

败走麦城，尽管陷入绝境，关羽依然拒绝投降，坚守对刘备的忠义。他的抉择背后，是对兄弟情谊和兴复汉室理想的坚定信念。

不义

蜀汉灭亡后，刘禅迅速投降，没有展现出为国家和臣民抗争到底的决心，有负于蜀汉臣民对他的期望。

在洛阳时，面对司马昭的询问，他表现出"此间乐，不思蜀"的态度，完全不顾及蜀汉的尊严和祖宗基业，显得毫无骨气和对国家的忠诚。

从这些人物的不同抉择中，我们可以看到价值观的巨大差异。关羽的忠义体现了传统的道德观念，即为了正义和忠诚，可以不惜牺牲生命。而刘禅的行为则反映了一种软弱、短视和自私的价值观。

　　通过对两人的不同抉择进行对比，我们更能感受到关羽身上表现出的忠义品质在战乱动荡的时代是多么难得和可贵。时至今日，关羽的忠义精神仍是我们重要的精神财富，具有深远的现实意义。

三国演义

第十四回　关云长刮骨疗毒

导读

刘备与曹操争夺汉中。在诸葛亮的设计之下，大将赵云英勇无畏击溃了曹军，逼迫曹操退出汉中。刘备取得了胜利，并自立为汉中王。

曹操大怒，想与之一决雌雄。此时，司马懿献上"劝说孙权夺取荆州"之计。刘备如果发兵救荆州，则曹操可得汉川。诸葛亮命关云长先起兵取樊城，一切自然瓦解。关羽得了襄阳，围住了樊城，接着水淹七军，生擒了于禁，威震天下。不料，他在樊城北门中了曹仁的毒箭。他以复兴汉室为己任，不肯退兵。名医华佗听说关羽英雄，特从江东赶来，为关羽疗伤。关羽不惧疼痛，一面与马良下棋，一面把手臂伸给华佗。华佗刮骨疗毒，周围人早已惊恐变色，而关羽镇定自若。

关公自擒魏将于禁等，威震天下，无不惊骇。忽次子关兴来寨内省亲。公就令兴赉诸官立功文书去成都见汉中王，各求升迁。兴拜辞父亲，径投成都去讫。

却说关公分兵一半，直抵郏下。公自领兵四面攻打樊城。当日关公自到北门，立马扬鞭，指而问曰："汝等鼠辈，不早来降，更待何时？"正言间，曹仁在敌楼上，见关公身上止被掩心甲，斜袒着绿袍，乃急招五百弓弩手，

> 此句展现了关羽的威风凛凛和豪迈。

第十四回　关云长刮骨疗毒

一齐放箭。公急勒马回时，右臂上中一弩箭，翻身落马。正是：水里七军方丧胆，城中一箭忽伤身。

却说曹仁见关公落马，即引兵冲出城来；被关平一阵杀回，救关公归寨，拔出臂箭。原来箭头有药，毒已入骨，右臂青肿，不能运动。关平慌与众将商议曰："父亲若损此臂，安能出敌？不如暂回荆州调理。"于是与众将入帐见关公。公问曰："汝等来有何事？"众对曰："某等因见君侯右臂损伤，恐临敌致怒，冲突不便。众议可暂班师回荆州调理。"公怒曰："吾取樊城，只在目前；取了樊城，即当长驱大进，径到许都，剿灭操贼，以安汉室。岂可因小疮而误大事？汝等敢慢吾军心耶！"平等默然而退。

众将见公不肯退兵，疮又不痊，只得四方访问名医。忽一日，有人从江东驾小舟而来，直至寨前。小校引见关平。平视其人：方巾阔服，臂挽青囊；自言姓名，乃沛国谯郡人，姓华，名佗，字元化。因闻关将军乃天下英雄，今中毒箭，特来医治。平曰："莫非昔日医东吴周泰者乎？"佗曰："然。"平大喜，即与众将同引华佗入帐见关公。时关公本是臂疼，恐慢军心，无可消遣，正与马良弈棋；闻有医者至，即召入。礼毕，赐坐。茶罢，佗请臂视之。公袒下衣袍，伸臂令佗看视。佗曰："此乃弩箭所伤，其中有乌头①之药，直透入骨；若不早治，此臂无

> 关羽以灭曹操、兴汉室为己任。此处写出其内心的坚定。

> 华佗妙手仁心，此处借华佗侧面写出关羽的英雄气概与美名。

> 受伤仍心系军心，且能淡定下棋，凸显关羽的沉着和大将风范。

---
① 乌头：药用植物名，就是附子，茎、叶、根都有毒。

133

三国演义

未说如何治疗，只说"恐君侯惧耳"，意在表达手术艰难。欲扬先抑。

再次重复此语，强调手术疼痛，常人难以忍耐。

再写华佗的仁心和关羽的无畏。

侧面描写，通过他人的掩面变色，映衬关公的神勇和坚毅。

华佗是因"义"而来，又因"义"辞酬而去，前后照应。

用矣。"公曰："用何物治之？"佗曰："某自有治法，但恐君侯惧耳。"公笑曰："吾视死如归，有何惧哉？"佗曰："当于静处立一标柱，上钉大环，请君侯将臂穿于环中，以绳系之，然后以被蒙其首。吾用尖刀割开皮肉，直至于骨，刮去骨上箭毒，用药敷之，以线缝其口，方可无事。但恐君侯惧耳。"公笑曰："如此，容易！何用柱环？"令设酒席相待。

公饮数杯酒毕，一面仍与马良弈棋，伸臂令佗割之。佗取尖刀在手，令一小校捧一大盆于臂下接血。佗曰："某便下手，君侯勿惊。"公曰："任汝医治，吾岂比世间俗子惧痛者耶！"佗乃下刀，割开皮肉，直至于骨，骨上已青；佗用刀刮骨，悉悉有声。帐上帐下见者，皆掩面失色。公饮酒食肉，谈笑弈棋，全无痛苦之色。

须臾，血流盈盆。佗刮尽其毒，敷上药，以线缝之。公大笑而起，谓众将曰："此臂伸舒如故，并无痛矣。先生真神医也！"佗曰："某为医一生，未尝见此。君侯真天神也！"后人有诗曰：治病须分内外科，世间妙艺苦无多。神威罕及惟关将，圣手能医说华佗。

关公箭疮既愈，设席款谢华佗。佗曰："君侯箭疮虽治，然须爱护。切勿怒气伤触。过百日后，平复如旧矣。"关公以金百两酬之。佗曰："某闻君侯高义，特来医治，岂望报乎！"坚辞不受，留药一帖，以敷疮口，辞别而去。

第十四回　关云长刮骨疗毒

章回小结

整个故事叙述简洁明了，将重点集中在关公受伤和治疗的情节上，情节生动，引人入胜。详细描述刮骨疗毒的过程，营造出紧张而令人揪心的气氛。通过关公中箭后拒绝退兵养伤，以及刮骨疗毒时的镇定自若，展现了关羽英勇无畏、坚毅刚强的英雄形象。借众将因关公受伤而提议班师回荆州，以及帐中众人看到刮骨疗毒时的惊恐失色，从侧面烘托出关羽的非凡勇气和忍耐力。对华佗的描写，如他的穿着、自我介绍以及治疗过程中的自信和专业，展现了华佗医术高超的形象。对比突出，如将关羽面对剧痛的泰然与众人的惊恐进行对比，突出关羽的英雄气概。总之，这段故事中的关羽，以其坚定的决心、无畏的勇气和对他人的敬重，生动地展现了他的忠义精神。

第十五回　失荆州败走麦城

导读

关羽负伤，仍坚持围攻樊城。此时荆州防备空虚，东吴的吕蒙用计成功偷袭了荆州，并封锁了消息，使关羽没有救兵支援，也切断了他的退路。吕蒙占领荆州后，收买人心，离间了荆州兵将使其不愿再战。曹魏方面，为解樊城之围，徐晃带领援兵展开攻势。在曹、孙两家的夹攻之下，再加上关羽受伤，战局被扭转，关羽败走麦城被困。诸葛瑾劝降不成。在廖化求援无果、城内缺粮的情况下，关羽只能退往西川，途中被东吴设计俘获，终因不降而被杀害。

却说糜芳闻荆州有失，正无计可施。忽报公安守将傅士仁至，芳忙接入城，问其事故。士仁曰："吾非不忠。势危力困，不能支持，我今已降东吴。将军亦不如早降。"芳曰："吾等受汉中王厚恩，安忍背之？"士仁曰："关公去日，痛恨吾二人；倘一日得胜而回，必无轻恕。公细察之。"芳曰："吾兄弟久事汉中王，岂可一朝相背？"正犹豫间，忽报关公遣使至，接入厅上。使者曰："关公军中缺粮，特来南郡、公安二处取白米十万石，令二将军星夜解去军前交割。如迟立斩。"芳大

> 傅士仁的劝降与糜芳的犹豫，展现了两人不同的心态和立场。

第十五回 失荆州败走麦城

惊，顾谓傅士仁曰："今荆州已被东吴所取，此粮怎得过去？"士仁厉声曰："不必多疑！"遂拔剑斩来使于堂上。芳惊曰："公如何斩之？"士仁曰："关公此意，正要斩我二人。我等安可束手受死？公今不早降东吴，必被关公所杀。"正说间，忽报吕蒙引兵杀至城下。芳大惊，乃同傅士仁出城投降。蒙大喜，引见孙权。权重赏二人。安民已毕，大犒三军。

时曹操在许都，正与众谋士议荆州之事，忽报东吴遣使奉书至。操召入，使者呈上书信。操拆视之，书中具言吴兵将袭荆州，求操夹攻云长；且嘱勿泄漏，使云长有备也。操与众谋士商议，主簿董昭曰："今樊城被困，引颈望救，不如令人将书射入樊城，以宽军心；且使关公知东吴将袭荆州。彼恐荆州有失，必速退兵，却令徐晃乘势掩杀，可获全功。"操从其谋，一面差人催徐晃急战；一面亲统大兵，径往洛阳之南阳陵坡驻扎，以救曹仁。

却说徐晃正坐帐中，忽报魏王使至。晃接入问之，使曰："今魏王引兵，已过洛阳；令将军急战关公，以解樊城之困。"正说间，探马报说："关平屯兵在偃城，廖化屯兵在四冢；前后一十二个寨栅，连络不绝。"晃即差副将徐商、吕建假着徐晃旗号，前赴偃城与关平交战。晃却自引精兵五百，循沔水去袭偃城之后。

且说关平闻徐晃自引兵至，遂提本部兵迎敌。两阵对圆，关平出马，与徐商交锋，只三合，商大败而走；吕建出战，五六合亦败走。平乘胜追杀二十余里，忽报城中火

> 逼迫糜芳，让他骑虎难下。

> 强敌压境，进一步瓦解糜芳坚守的意志。

> 东吴嘱魏勿泄，魏却欲泄之，以乱关公之心。同一件事情，各自从自己的角度出发行事，心思不同，却都在使用权诈。

137

起。平知中计，急勒兵回救偃城。正遇一彪军摆开，徐晃立马在门旗下，高叫曰："关平贤侄，好不知死！汝荆州已被东吴夺了，犹然在此狂为！"平大怒，纵马轮刀，直取徐晃；不三四合，三军喊叫，偃城中火光大起。平不敢恋战，杀条大路，径奔四冢寨来。廖化接着。化曰："人言荆州已被吕蒙袭了，军心惊慌，如之奈何？"平曰："此必讹言也。军士再言者斩之。"

忽流星马到，报说正北第一屯被徐晃领兵攻打。平曰："若第一屯有失，诸营岂得安宁？此间皆靠沔水，贼兵不敢到此。吾与汝同去救第一屯。"廖化唤部将分付曰："汝等坚守营寨，如有贼到，即便举火。"部将曰："四冢寨鹿角十重，虽飞鸟亦不能入，何虑贼兵！"于是关平、廖化尽起四冢寨精兵，奔至第一屯住扎。关平看见魏兵屯于浅山之上，谓廖化曰："徐晃屯兵，不得地利，今夜可引兵劫寨。"化曰："将军可分兵一半前去，某当谨守本寨。"

是夜，关平引一枝兵杀入魏寨，不见一人。平知是计，火速退时，左边徐商，右边吕建，两下夹攻。平大败回营，魏兵乘势追杀前来，四面围住。关平、廖化支持不住，弃了第一屯，径投四冢寨来。早望见寨中火起。急到寨前，只见皆是魏兵旗号。关平等退兵，忙奔樊城大路而走。前面一军拦住，为首大将，乃是徐晃也。平、化二人奋力死战，夺路而走，回到大寨，来见关公曰："今徐晃夺了偃城等处；又兼曹操自引大军，分三路来救樊城；

故意在军前说，以乱军心。

借廖化之口，说出魏军散布的消息。

反衬后文被徐晃夺取。

虚实结合。实写夺取偃城，虚写夺取四冢寨。

第十五回　失荆州败走麦城

多有人言荆州已被吕蒙袭了。"关公喝曰："此敌人诡言，以乱我军心耳！东吴吕蒙病危，孺子陆逊代之，不足为虑！"

言未毕，忽报徐晃兵至。公令备马。平谏曰："父体未痊，不可与敌。"公曰："徐晃与吾有旧，深知其能；若彼不退，吾先斩之，以警魏将。"遂披挂提刀上马，奋然而出。魏军见之，无不惊惧。公勒马问曰："徐公明安在？"魏营门旗开处，徐晃出马，欠身而言曰："自别君侯，倏忽数载，不想君侯须发已苍白矣！忆昔壮年相从，多蒙教诲，感谢不忘。今君侯英风震于华夏，使故人闻之，不胜叹羡！兹幸得一见，深慰渴怀。"公曰："吾与公明交契深厚，非比他人；今何故数穷①吾儿耶？"晃回顾众将，厉声大叫曰："若取得云长首级者，重赏千金！"公惊曰："公明何出此言？"晃曰："今日乃国家之事，某不敢以私废公。"言讫，挥大斧直取关公。公大怒，亦挥刀迎之。战八十余合，公虽武艺绝伦，终是右臂少力。关平恐公有失，火急鸣金，公拨马回寨。忽闻四下里喊声大震。原来是樊城曹仁闻曹操救兵至，引军杀出城来，与徐晃会合，两下夹攻，荆州兵大乱。关公上马，引众将急奔襄江上流头。背后魏兵追至。关公急渡过襄江，望襄阳而奔。忽流星马到，报说："荆州已被吕蒙所夺，家眷被陷。"关公大惊。不敢奔襄阳，提兵投公安来。探

> 写出关公声威。

> 关平的担心体现了父子情深。

① 数（shuò）穷：屡次窘逼。

139

马又报:"公安傅士仁已降东吴了。"关公大怒。忽催粮人到,报说:"公安傅士仁往南郡,杀了使命,招糜芳都降东吴去了。"

关公闻言,怒气冲塞,疮口迸裂,昏绝于地。众将救醒,公顾谓司马王甫曰:"悔不听足下之言,今日果有此事!"因问:"沿江上下,何不举火?"探马答曰:"吕蒙使水手尽穿白衣,扮作客商渡江,将精兵伏于之中,先擒了守台士卒,因此不得举火。"公跌足叹曰:"吾中奸贼之谋矣!有何面目见兄长耶!"管粮都督赵累曰:"今事急矣,可一面差人往成都求救,一面从旱路去取荆州。"关公依言,差马良、伊籍赍文三道,星夜赴成都求救;一面引兵来取荆州,自领前队先行,留廖化、关平断后。

> 强烈的情绪反应凸显了关羽对荆州失守的悲愤。

却说樊城围解,曹仁引众将来见曹操,泣拜请罪。操曰:"此乃天数,非汝等之罪也。"操重赏三军,亲至四冢寨周围阅视,顾谓众将曰:"荆州兵围堑鹿角数重,徐公明深入其中,竟获全功。孤用兵三十余年,未敢长驱径入敌围。公明真胆识兼优者也!"众皆叹服。操班师还于摩陂驻扎。徐晃兵至,操亲出寨迎之,见晃军皆按队伍而行,并无差乱。操大喜曰:"徐将军真有周亚夫[①]之风矣!"遂封徐晃为平南将军,同夏侯尚守襄阳,以遏关公之师。操因荆州未定,就屯兵于摩陂,以候消息。

> 照应上文。曹操赞扬徐晃有胆识。

却说关公在荆州路上,进退无路,谓赵累曰:"目

[①]周亚夫:西汉时的名将,以治军严著称。

第十五回 失荆州败走麦城

今前有吴兵，后有魏兵，吾在其中，救兵不至，如之奈何？"累曰："昔吕蒙在陆口时，尝致书君侯，两家约好，共诛操贼，今却助操而袭我，是背盟也。君侯暂驻军于此，可差人遗书吕蒙责之，看彼如何对答。"关公从其言，遂修书遣使赴荆州来。

却说吕蒙在荆州，传下号令：凡荆州诸郡，有随关公出征将士之家，不许吴兵搅扰，按月给与粮米；有患病者，遣医治疗。将士之家，感其恩惠，安堵不动。忽报关公使至，吕蒙出郭迎接入城，以宾礼相待。使者呈书与蒙。蒙看毕，谓来使曰："蒙昔日与关将军结好，乃一己之私见；今日之事，乃上命差遣，不得自主。烦使者回报将军，善言致意。"遂设宴款待，送归馆驿安歇。于是随征将士之家，皆来问信；有附家书者，有口传音信者，皆言家门无恙，衣食不缺。

使者辞别吕蒙，蒙亲送出城。使者回见关公，具道吕蒙之语，并说："荆州城中，君侯宝眷并诸将家属，俱备无恙，供给不缺。"公大怒曰："此奸贼之计也！我生不能杀此贼，死必杀之，以雪吾恨！"喝退使者。使者出寨，众将皆来探问家中之事；使者具言各家安好，吕蒙极其恩恤，并将书信传送各将。各将欣喜，皆无战心。

关公率兵取荆州，军行之次，将士多有逃回荆州者。关公愈加恨怒，遂催军前进。忽然喊声大震，一彪军拦住，为首大将，乃蒋钦也，勒马挺枪大叫曰："云长何不早降！"关公骂曰："吾乃汉将，岂降贼乎！"拍马

> 吕蒙的好处，也正是吕蒙的奸诈处。

> 这是吕蒙的"用软"策略。

> 至此揭晓了吕蒙之术。

舞刀，直取蒋钦。不三合，钦败走。关公提刀追杀二十余里，喊声忽起，左边山谷中韩当领军冲出，右边山谷中周泰引军冲出，蒋钦回马复战，三路夹攻。关公急撤军回走。行无数里，只见南山冈上人烟聚集，一面白旗招飐，上写"荆州土人"四字，众人都叫本处人速速投降。关公大怒，欲上冈杀之。山崦内又有两军撞出：左边丁奉，右边徐盛；并合蒋钦等三路军马，喊声震地，鼓角喧天，将关公困在垓心。手下将士，渐渐消疏。比及杀到黄昏，关公遥望四山之上，皆是荆州士兵，呼兄唤弟，觅子寻爷，喊声不住。军心尽变，皆应声而去。关公止喝不住，部从止有三百余人。杀至三更，正东上喊声连天，乃是关平、廖化分两路兵杀入重围，救出关公。关平告曰："军心乱矣，必得城池暂屯，以待援兵。麦城虽小，足可屯扎。"关公从之，催促残军前至麦城，分兵紧守四门，聚将士商议。赵累曰："此处相近上庸，现有刘封、孟达在彼把守，可速差人往求救兵。若得这枝军马接济，以待川兵大至，军心自安矣。"

正议间，忽报吴兵已至，将城四面围定。公问曰："谁敢突围而出，往上庸求救？"廖化曰："某愿往。"关平曰："我护送汝出重围。"关公即修书付廖化藏于身畔。饱食上马，开门出城。正遇吴将丁奉截住。被关平奋力冲杀，奉败走，廖化乘势杀出重围。投上庸去了。关平入城，坚守不出。

且说刘封、孟达自取上庸，太守申耽率众归降，因此

再次揭示了吕蒙之术。

局势危急，关平、廖化的救援展现了他们的忠诚和英勇。

第十五回　失荆州败走麦城

汉中王加刘封为副将军，与孟达同守上庸。当日探知关公兵败，二人正议间，忽报廖化至。封令请入问之。化曰："关公兵败，现困于麦城，被围至急。蜀中援兵，不能旦夕即至。特命某突围而出，来此求救。望二将军速起上庸之兵，以救此危。倘稍迟延，公必陷矣。"封曰："将军且歇，容某计议。"

> 插叙上庸城。

化乃至馆驿安歇，专候发兵。刘封谓孟达曰："叔父被困，如之奈何？"达曰："东吴兵精将勇；且荆州九郡，俱已属彼，止有麦城，乃弹丸之地；又闻曹操亲督大军四五十万，屯于摩陂：量我等山城之众，安能敌得两家之强兵？不可轻敌。"封曰："吾亦知之。奈关公是吾叔父，安忍坐视而不救乎？"达笑曰："将军以关公为叔，恐关公未必以将军为侄也。某闻汉中王初嗣将军之时，关公即不悦。后汉中王登位之后，欲立后嗣，问于孔明，孔明曰：'此家事也，问关、张可矣。'汉中王遂遣人至荆州问关公，关公以将军乃螟蛉之子，不可僭立，劝汉中王远置将军于上庸山城之地，以杜后患。此事人人知之，将军岂反不知耶？何今日犹沾沾以叔侄之义，而欲冒险轻动乎？"封曰："君言虽是，但以何词却之？"达曰："但言山城初附，民心未定，不敢造次兴兵，恐失所守。"封从其言。次日，请廖化至，言此山城初附之所，未能分兵相救。化大惊，以头叩地曰："若如此，则关公休矣！"达曰："我今即往，一杯之水，安能救一车薪之火乎？将军速回，静候蜀兵至可也。"化大恸告求，刘封、孟达皆

> 孟达的挑拨离间之语。

143

拂袖而入。廖化知事不谐，寻思须告汉中王求救，遂上马大骂出城，望成都而去。

却说关公在麦城盼望上庸兵到，却不见动静；手下止有五六百人，多半带伤；城中无粮，甚是苦楚。忽报城下一人教休放箭，有话来见君侯。公令放入，问之，乃诸葛瑾也。礼毕茶罢，瑾曰："今奉吴侯命，特来劝谕将军。自古道识时务者为俊杰，今将军所统汉上九郡，皆已属他人矣；止有孤城一区，内无粮草，外无救兵，危在旦夕。将军何不从瑾之言，归顺吴侯，复镇荆襄，可以保全家眷。幸君侯熟思之。"关公正色而言曰："吾乃解良一武夫，蒙吾主以手足相待，安肯背义投敌国乎？城若破，有死而已。玉可碎而不可改其白，竹可焚而不可毁其节；身虽殒，名可垂于竹帛也。汝勿多言，速请出城，吾欲与孙权决一死战！"瑾曰："吴侯欲与君侯结秦晋之好，同力破曹，共扶汉室，别无他意。君侯何执迷如是？"言未毕，关平拔剑而前，欲斩诸葛瑾。公止之曰："彼弟孔明在蜀，佐汝伯父，今若杀彼，伤其兄弟之情也。"遂令左右逐出诸葛瑾。瑾满面羞惭，上马出城，回见吴侯曰："关公心如铁石，不可说也。"孙权曰："真忠臣也！似此如之奈何？"吕范曰："某请卜其休咎。"权即令卜之。范撰蓍成象，乃"地水师卦[①]"，更有玄武临应，主敌人远奔。权问吕蒙曰："卦主敌人远奔，卿以何策擒

> 张辽说关公，说之以理；诸葛瑾说关公，但告之以形势。公服于理，不服于形势。

> 以玉、竹自况，表现了关羽宁死不屈的气节。

[①] 地水师卦：《师》是《易经》里的一个卦名，《易经》里用坤代表地，坎代表水，所以叫作"地水师卦"。

第十五回　失荆州败走麦城

之？"蒙笑曰："卦象正合某之机也。关公虽有冲天之翼，飞不出吾罗网矣！"正是：龙游沟壑遭虾戏，凤入牢笼被鸟欺。

却说孙权求计于吕蒙。蒙曰："吾料关某兵少，必不从大路而逃，麦城正北有险峻小路，必从此路而去。可令朱然引精兵五千，伏于麦城之北二十里；彼军至，不可与敌，只可随后掩杀。彼军定无战心，必奔临沮。却令潘璋引精兵五百，伏于临沮山僻小路，关某可擒矣。今遣将士各门攻打，只空北门，待其出走。"权闻计，令吕范再卜之。卦成，范告曰："此卦主敌人投西北而走，今夜亥时必然就擒。"权大喜，遂令朱然、潘璋领两校精兵，各依军令埋伏去讫。

且说关公在麦城，计点马步军兵，止剩三百余人；粮草又尽。是夜，城外吴兵招唤各军姓名，越城而去者甚多。救兵又不见到。心中无计，谓王甫曰："吾悔昔日不用公言！今日危急，将复何如？"甫哭告曰："今日之事，虽子牙复生，亦无计可施也。"赵累曰："上庸救兵不至，乃刘封、孟达按兵不动之故。何不弃此孤城，奔入西川，再整兵来，以图恢复？"公曰："吾亦欲如此。"遂上城观之。见北门外敌军不多，因问本城居民："此去往北，地势若何？"答曰："此去皆是山僻小路，可通西川。"公曰："今夜可走此路。"王甫谏曰："小路有埋伏，可走大路。"公曰："虽有埋伏，吾何惧哉！"即下令马步官军：严整装束，准备出城。甫哭曰："君侯于路，小心

关羽明知危险仍勇往直前，体现了他的无畏。

三国演义

保重！某与部卒百余人，死据此城；城虽破，身不降也！专望君侯速来救援！"公亦与泣别。遂留周仓与王甫同守麦城，关公自与关平、赵累引残卒二百余人，突出北门。关公横刀前进，行至初更以后，约走二十余里，只见山凹处，金鼓齐鸣，喊声大震，一彪军到，为首大将朱然，骤马挺枪叫曰："云长休走！趁早投降，免得一死！"公大怒，拍马轮刀来战。朱然便走，公乘势追杀。一棒鼓响，四下伏兵皆起。公不敢战，望临沮小路而走，朱然率兵掩杀。关公所随之兵，渐渐稀少。走不得四五里，前面喊声又震，火光大起，潘璋骤马舞刀杀来。公大怒，轮刀相迎，只三合，潘璋败走。公不敢恋战，急望山路而走。背后关平赶来，报说赵累已死于乱军中。关公不胜悲惶，遂令关平断后，公自在前开路，随行止剩得十余人。行至决石，两下是山，山边皆芦苇败草，树木丛杂。时已五更将尽。正走之间，一声喊起，两下伏兵尽出，长钩套索，一齐并举，先把关公坐下马绊倒。关公翻身落马，被潘璋部将马忠所获。关平知父被擒，火速来救；背后潘璋、朱然率兵齐至，把关平四下围住。平孤身独战，力尽亦被执。至天明，孙权闻关公父子已被擒获，大喜，聚众将于帐中。

少时，马忠簇拥关公至前。权曰："孤久慕将军盛德，欲结秦晋之好，何相弃耶？公平昔自以为天下无敌，今日何由被吾所擒？将军今日还服孙权否？"关公厉声骂曰："碧眼小儿，紫髯鼠辈！吾与刘皇叔桃园结义，誓扶汉室，岂与汝叛汉之贼为伍耶！我今误中奸计，有死而

> 孙权嘲笑关公，曹操礼敬之，两相比照，高下可知。

> 关羽临死前的怒斥，将其英雄气概展现到极致。

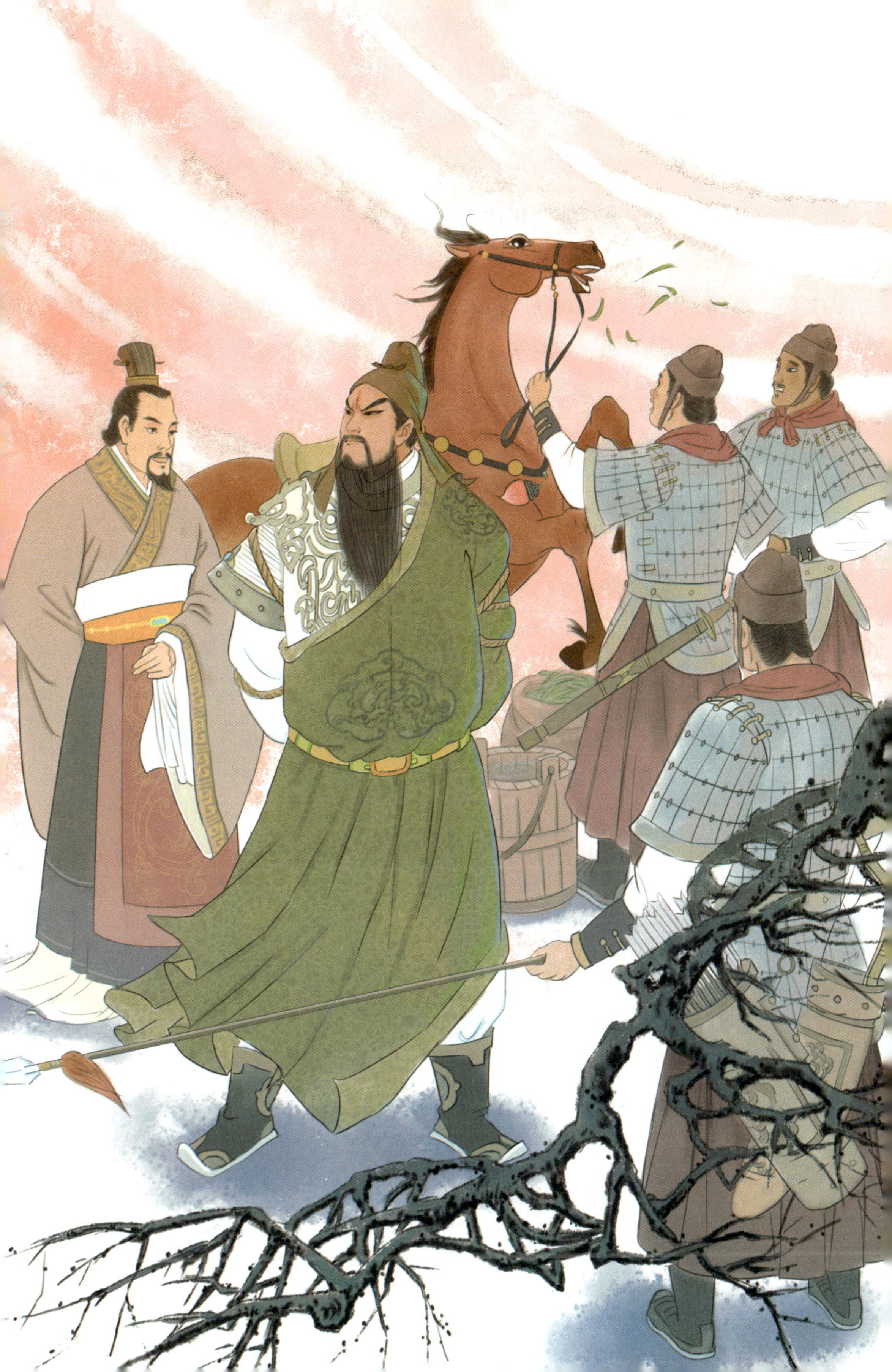

已,何必多言!"权回顾众官曰:"云长世之豪杰,孤深爱之。今欲以礼相待,劝使归降,何如?"主簿左咸曰:"不可。昔曹操得此人时,封侯赐爵,三日一小宴,五日一大宴,上马一提金,下马一提银,如此恩礼,毕竟留之不住,听其斩关杀将而去,致使今日反为所逼,几欲迁都以避其锋。今主公既已擒之,若不即除,恐贻后患。"孙权沉吟半晌,曰:"斯言是也。"遂命推出。于是关公父子皆遇害。时建安二十四年冬十二月也。关公亡年五十八岁。后人有诗叹曰:汉末才无敌,云长独出群;神威能奋武,儒雅更知文。天日心如镜,《春秋》义薄云。昭然垂万古,不止冠三分。又有诗曰:人杰惟追古解良,士民争拜汉云长。桃园一日兄和弟,俎豆千秋帝与王。气挟风雷无匹敌,志垂日月有光芒。至今庙貌盈天下,古木寒鸦几夕阳。关公既殁,坐下赤兔马被马忠所获,献与孙权。权即赐马忠骑坐。其马数日不食草料而死。

> 此马不为吕布死,而为关公死,写马其实是在写人,托物寓意。

章回小结

故事详细描绘了关羽与各方势力的战斗过程,如与徐晃的交锋、在麦城的突围等,营造出紧张激烈的战争氛围,展现了关羽从威震天下到败走麦城的巨大命运落差,使情节充满戏剧性和悲剧色彩,深入描绘了关羽在困境中的内心挣扎、愤怒、悔恨以及坚定的信念。故事中既有战场上的交锋,又有各方势力的谋略和决策,还有人物之间的对话和心理活动,多条线索交织,展现了战争的复杂性,深刻地表现了忠义的价值和意义。

第十六回　天下奸雄终陨落

导读

孙权杀了关羽，把其首级送到洛阳，想嫁祸于曹操。这种伎俩当然瞒不过曹操。他以诸侯之礼厚葬了关羽。之后，每夜合上眼便看见关羽，曹操惊慌恐惧，致使头痛病加重。华佗欲以开颅术为曹操治疗风疾（头痛病），却遭到曹的疑忌。神医华佗殒命狱中。最终，曹操因病情加重，又忧虑吴、蜀之事，一命呜呼。曹操的一生，不是杀人，就是害怕被杀。临终前，曹操没有豪言壮语，反而说的是分香卖履的生活琐事，颇有儿女情长、英雄气短的遗憾。不知是作者情之所至，还是有意为之，后人争论不已。

操即差人星夜请华佗入内，令诊脉视疾。佗曰："大王头脑疼痛，因患风而起。病根在脑袋中，风涎不能出，枉服汤药，不可治疗。某有一法：先饮麻肺汤，然后用利斧砍开脑袋，取出风涎，方可除根。"操大怒曰："汝要杀孤耶！"佗曰："大王曾闻关公中毒箭，伤其右臂，某刮骨疗毒，关公略无惧色；今大王小可之疾，何多疑焉？"操曰："臂痛可刮，脑袋安可砍开？汝必与关公情熟，乘此机会，欲报仇耳！"呼左右拿下狱中，拷问其情。贾诩谏曰："似

> 关公之事从华佗之口说出，照应前文，又与曹操作比，写出关公的豪迈、曹操的胆怯。

三国演义

此良医，世罕其匹，未可废也。"操叱曰："此人欲乘机害我，正与吉平无异！"急令追拷。华佗在狱，有一狱卒，姓吴，人皆称为"吴押狱"。此人每日以酒食供奉华佗。佗感其恩，乃告曰："我今将死，恨有《青囊书》未传于世。感公厚意，无可为报；我修一书，公可遣人送与我家，取《青囊书》来赠公，以继吾术。"吴押狱大喜曰："我若得此书，弃了此役，医治天下病人，以传先生之德。"佗即修书付吴押狱。吴押狱直至金城，问佗之妻取了《青囊书》；回至狱中，付与华佗检看毕，佗即将书赠与吴押狱。吴押狱持回家中藏之。旬日之后，华佗竟死于狱中。吴押狱买棺殡殓讫，脱了差役回家，欲取《青囊书》看习，只见其妻正将书在那里焚烧。吴押狱大惊，连忙抢夺，全卷已被烧毁，只剩得一两叶。吴押狱怒骂其妻。妻曰："纵然学得与华佗一般神妙，只落得死于牢中，要他何用！"吴押狱嗟叹而止。因此《青囊书》不曾传于世，所传者止阉鸡猪等小法，乃烧剩一两叶中所载也。后人有诗叹曰：华佗仙术比长桑，神识如窥垣一方。惆怅人亡书亦绝，后人无复见青囊！

却说曹操自杀华佗之后，病势愈重，又忧吴、蜀之事。正虑间，近臣忽奏东吴遣使上书。操取书拆视之，略曰：臣孙权久知天命已归王上，伏望早正大位，遣将剿灭刘备，扫平两川，臣即率群下纳土归降矣。操观毕大笑，出示群臣曰："是儿欲使吾居炉火上耶①！"侍中陈群等奏

旁注：
- 有此心，便可继华佗之志。
- 小人物的语言，表达了对华佗死于牢中的惋惜和怨恨。
- 表现出曹操对局势的清醒认识和政治上的老谋深算。

① 是儿欲使吾居炉火上耶：是儿，这小子。意思是说孙权表面上奉承，却包藏祸心，要把曹操放在炉火上"烧烤"。

第十六回　天下奸雄终陨落

曰："汉室久已衰微，殿下功德巍巍，生灵仰望。今孙权称臣归命，此天人之应，异气齐声。殿下宜应天顺人，早正大位。"操笑曰："吾事汉多年，虽有功德及民，然位至于王，名爵已极，何敢更有他望？苟天命在孤，孤为周文王矣。"司马懿曰："今孙权既称臣归附，王上可封官赐爵，令拒刘备。"操从之，表封孙权为骠骑将军、南昌侯，领荆州牧。即日遣使赍诰敕赴东吴去讫。

操病势转加。急召夏侯惇商议。惇至殿门前，忽见伏皇后、董贵人、二皇子、伏完、董承等，立在阴云之中。惇大惊昏倒，左右扶出，自此得病。操召曹洪、陈群、贾诩、司马懿等，同至卧榻前，嘱以后事。曹洪等顿首曰："大王善保玉体，不日定当霍然①。"操曰："孤纵横天下三十余年，群雄皆灭，止有江东孙权，西蜀刘备，未曾剿除。孤今病危，不能再与卿等相叙，特以家事相托。孤长子曹昂，刘氏所生，不幸早年殁于宛城；今卞氏生四子：丕、彰、植、熊。孤平生所爱第三子植，为人虚华少诚实，嗜酒放纵，因此不立。次子曹彰，勇而无谋；四子曹熊，多病难保。惟长子曹丕，笃厚恭谨，可继我业。卿等宜辅佐之。"曹洪等涕泣领命而出。操令近侍取平日所藏名香，分赐诸侍妾，且嘱曰："吾死之后，汝等须勤习女工，多造丝履，卖之可以得钱自给。"又命诸妾多居于铜雀台中，每日设祭，必令女伎奏乐上食。又遗命于彰德府

> 但言立曹丕，不言禅让。体现了他对诸子性格和能力的深刻了解，以及对身后事的慎重考虑。

---

① 霍然：很快速的样子，引申来形容病症一下子好了的感觉。

讲武城外，设立疑冢七十二："勿令后人知吾葬处，恐为人所发掘故也。"嘱毕，长叹一声，泪如雨下。须臾，气绝而死。寿六十六岁。时建安二十五年春正月也。后人有《邺中歌》一篇叹曹操云：邺则邺城水漳水，定有异人从此起：雄谋韵事与文心，君臣兄弟而父子；英雄未有俗胸中，出没岂随人眼底？功首罪魁非两人，遗臭流芳本一身；文章有神霸有气，岂能苟尔化为群？横流筑台距太行，气与理势相低昂；安有斯人不作逆，小不为霸大不王？霸王降作儿女鸣，无可奈何中不平；向帐明知非有益，分香未可谓无情。呜呼！古人作事无巨细，寂寞豪华皆有意；书生轻议冢中人，冢中笑尔书生气！

章回小结

　　故事推进有张有弛，从曹操生病求医，到华佗入狱身死，再到曹操安排后事，节奏紧凑有序，吸引读者的注意力。曹操形象复杂多面，既有猜疑狠辣的一面，又展现出对权力和后事的谨慎安排。华佗医术高超、心怀大义，他为曹操治病，尽管提出的方案大胆且可能招致杀身之祸，但初衷是为了救治曹操，这在一定程度上体现了他作为医者对病人的责任和忠诚。故事将关羽刮骨疗毒的无惧与曹操对开颅手术的猜忌进行对比，突出曹操的多疑性格。通过对曹操病重时的心理、行为以及周围环境的描写，营造出紧张、压抑的气氛。作者通过曹操的经历，引出对权力欲望、生死命运的深刻思考，增加了故事的思想深度。文末的《邺中歌》对曹操的一生进行了富有诗意的总结和评价，升华了主题，给读者留下深刻印象。

第十七回　火烧连营七百里

导读

汉献帝被迫禅位给曹丕。消息传到成都，说曹丕自立为大魏皇帝，汉献帝已经遇害。为兴师讨逆，在诸葛亮等的推举之下，汉中王刘备做了蜀汉的皇帝。接着，刘备降诏，要率领全国之兵，剪伐东吴，给义弟关羽报仇。赵云、诸葛亮等人先后劝谏，主张先伐魏，刘备不听。此时，阆中的张飞急于给义兄关羽报仇，殒命于范疆、张达之手。东吴畏惧蜀汉势力，孙权派诸葛瑾向蜀汉示好，并表示要缚还降将，交还荆州，永结盟好，共同攻灭曹丕等，遭到刘备拒绝。无奈之下，孙权又向曹魏称臣，希望其能袭击汉中，以解燃眉之急。曹丕乐得坐山观虎斗。大敌当前，孙权起用陆逊——一位年轻有为的书生将领，带领数万兵力，运用火攻，烧了蜀军七百里的连营，大败蜀军。彝陵之战成为历史上以弱胜强的著名战例。

逊本当下奉召而至，参拜毕，权曰："今蜀兵临境，孤特命卿总督军马，以破刘备。"逊曰："江东文武，皆大王故旧之臣；臣年幼无才，安能制之？"权曰："阚德润以全家保卿，孤亦素知卿才。今拜卿为大都督，卿勿推辞。"逊曰："倘文武不服，何如？"权取所佩剑与之曰："如有不听号令者，先斩后奏。"逊曰："荷蒙重托，

> 要在众人面前受佩剑，意在压服他们。与刘邦拜韩信为大将相似，意在树威。

敢不拜命；但乞大王于来日会聚众官，然后赐臣。"阚泽曰："古之命将，必筑坛会众，赐白旄黄钺、印绶兵符，然后威行令肃。今大王宜遵此礼，择日筑坛，拜伯言为大都督，假节钺，则众人自无不服矣。"权从之，命人连夜筑坛完备，大会百官，请陆逊登坛，拜为大都督、右护军镇西将军，进封娄侯，赐以宝剑印绶，令掌六郡八十一州兼荆楚诸路军马。吴王嘱之曰："阃以内，孤主之；阃以外，将军制之①。"

逊领命下坛，令徐盛、丁奉为护卫，即日出师；一面调诸路军马，水陆并进。文书到猇亭，韩当、周泰大惊曰："主上如何以一书生总兵耶？"比及逊至，众皆不服。逊升帐议事，众人勉强参贺。逊曰："主上命吾为大将，督军破蜀。军有常法，公等各宜遵守。违者王法无亲，勿致后悔。"众皆默然。周泰曰："目今安东将军孙桓，乃主上之侄，现困于彝陵城中，内无粮草，外无救兵；请都督早施良策，救出孙桓，以安主上之心。"逊曰："吾素知孙安东深得军心，必能坚守，不必救之。待吾破蜀后，彼自出矣。"众皆暗笑而退。韩当谓周泰曰："命此孺子为将，东吴休矣！公见彼所行乎？"泰曰："吾聊以言试之，早无一计，安能破蜀也！"次日，陆逊传下号令，教诸将各处关防，牢守隘口，不许轻敌。众皆笑其懦，不肯坚守。

> 陆逊初任大都督，面对众将的不服，言辞坚决，展现出其威严。

> 韩当、周泰都不服陆逊，登坛拜将确实有先见之明。

> 运用欲扬先抑的表现手法。

次日，陆逊升帐唤诸将曰："吾钦承王命，总督诸

---

① 阃（kǔn）以外，将军制之：阃，城门的门限。阃外，指京城以外的所有疆土。

第十七回 火烧连营七百里

军,昨已三令五申,令汝等各处坚守;俱不遵吾令,何也?"韩当曰:"吾自从孙将军平定江南,经数百战;其余诸将,或从讨逆将军,或从当今大王,皆披坚执锐,出生入死之士。今主上命公为大都督,令退蜀兵,宜早定计,调拨军马,分头征进,以图大事;乃只令坚守勿战,岂欲待天自杀贼耶?吾非贪生怕死之人,奈何使吾等堕其锐气?"于是帐下诸将,皆应声而言曰:"韩将军之言是也。吾等情愿决一死战!"陆逊听毕,掣剑在手,厉声曰:"仆虽一介书生,今蒙主上托以重任者,以吾有尺寸可取①,能忍辱负重故也。汝等只各守隘口,牢把险要,不许妄动,如违令者皆斩!"众皆愤愤而退。

"忍辱负重"是古之成大事者必不可少的意志品质。

却说先主自猇亭布列军马,直至川口,接连七百里,前后四十营寨,昼则旌旗蔽日,夜则火光耀天。忽细作报说:"东吴用陆逊为大都督,总制军马。逊令诸将各守险要不出。"先主问曰:"陆逊何如人也?"马良奏曰:"逊虽东吴一书生,然年幼多才,深有谋略;前袭荆州,皆系此人之诡计。"先主大怒曰:"竖子诡计,损朕二弟,今当擒之!"便传令进兵。马良谏曰:"陆逊之才,不亚周郎,未可轻敌。"先主曰:"朕用兵老矣,岂反不如一黄口孺子耶!"遂亲领前军,攻打诸处关津隘口。

借马良之口,称赞陆逊才智,照应前文偷袭荆州之事。

韩当见先主兵来,差人报知陆逊。逊恐韩当妄动,急飞马自来观看,正见韩当立马于山上;远望蜀兵漫山遍野

不仅韩当、周泰轻视陆逊,刘备也看不上他。这也是蜀军失败的重要原因之一。

---

① 尺寸可取:承认有些少的长处。尺、寸,长度不大。这是对自己有才能的一种谦逊说法。

155

而来，军中隐隐有黄罗盖伞。韩当接着陆逊，并马而观。当指曰："军中必有刘备，吾欲击之。"逊曰："刘备举兵东下，连胜十余阵，锐气正盛；今只乘高守险，不可轻出，出则不利。但宜奖励将士，广布守御之策，以观其变。今彼驰骋于平原广野之间，正自得志；我坚守不出，彼求战不得，必移屯于山林树木间。吾当以奇计胜之。"

为后文火攻埋下伏笔。

韩当口虽应诺，心中只是不服。先主使前队搦战，辱骂百端。逊令塞耳休听，不许出迎，亲自遍历诸关隘口，抚慰将士，皆令坚守。先主见吴军不出，心中焦躁。马良曰："陆逊深有谋略。今陛下远来攻战，自春历夏；彼之不出，欲待我军之变也。愿陛下察之。"先主曰："彼有何谋？但怯敌耳。向者数败，今安敢再出！"先锋冯习奏曰："即今天气炎热，军屯于赤火之中，取水深为不便。"先主遂命各营，皆移于山林茂盛之地，近溪傍涧；待过夏到秋，并力进兵。冯习遂奉旨，将诸寨皆移于林木阴密之处。马良奏曰："我军若动，倘吴兵骤至，如之奈何？"先主曰："朕令吴班引万余弱兵，近吴寨平地屯住；朕亲选八千精兵，伏于山谷之中。若陆逊知朕移营，必乘势来击，却令吴班诈败；逊若追来，朕引兵突出，断其归路，小子可擒矣。"文武皆贺曰："陛下神机妙算，诸臣不及也！"

骄傲之外，认识不免肤浅，也埋下了失败的种子。

马良曰："近闻诸葛丞相在东川点看各处隘口，恐魏兵入寇。陛下何不将各营移居之地，画成图本，问于丞相？"先主曰："朕亦颇知兵法，何必又问丞相？"良曰："古云兼听则明，偏听则蔽。望陛下察之。"先主

第十七回　火烧连营七百里

曰："卿可自去各营，画成四至八道图本，亲到东川去问丞相。如有不便，可急来报知。"马良领命而去。于是先主移兵于林木阴密处避暑。早有细作报知韩当、周泰。二人听得此事，大喜，来见陆逊曰："目今蜀兵四十余营，皆移于山林密处，依溪傍涧，就水歇凉。都督可乘虚击之。"正是：蜀主有谋能设伏，吴兵好勇定遭擒。

却说韩当、周泰探知先主移营就凉，急来报知陆逊。逊大喜，遂引兵自来观看动静；只见平地一屯，不满万余人，大半皆是老弱之众，大书"先锋吴班"旗号。周泰曰："吾视此等兵如儿戏耳。愿同韩将军分两路击之。如其不胜，甘当军令。"陆逊看了良久，以鞭指曰："前面山谷中，隐隐有杀气起；其下必有伏兵，故于平地设此弱兵，以诱我耳。诸公切不可出。"众将听了，皆以为懦。

陆逊观察敏锐，谨慎小心，能洞察敌军的计谋。

次日，吴班引兵到关前搦战，耀武扬威，辱骂不绝；多有解衣卸甲，赤身裸体，或睡或坐。徐盛、丁奉入帐禀陆逊曰："蜀兵欺我太甚！某等愿出击之！"逊笑曰："公等但恃血气之勇，未知孙、吴妙法，此彼诱敌之计也：三日后必见其诈矣。"徐盛曰："三日后，彼移营已定，安能击之乎？"逊曰："吾正欲令彼移营也。"诸将哂笑而退。过三日后，会诸将于关上观望，见吴班兵已退去。逊指曰："杀气起矣。刘备必从山谷中出也。"言未毕，只见蜀兵皆全装惯束，拥先主而过。吴兵见了，尽皆胆裂。逊曰："吾之不听诸公击班者，正为此也。今伏兵已出，旬日之内，必破蜀矣。"诸将皆曰："破蜀当在初

见此景方信陆逊之言。表现手法上由抑转扬。

157

三国演义

陆逊胸有成竹,而诸将对其策略心存疑虑,形成对比。

时,今连营五六百里,相守经七八月,其诸要害,皆已固守,安能破乎?"逊曰:"诸公不知兵法。备乃世之枭雄,更多智谋,其兵始集,法度精专;今守之久矣,不得我便,兵疲意阻,取之正在今日。"诸将方才叹服。后人有诗赞曰:虎帐谈兵按六韬,安排香饵钓鲸鳌。三分自是多英俊,又显江南陆逊高。

却说陆逊已定了破蜀之策,遂修笺遣使奏闻孙权,言指日可以破蜀之意。权览毕,大喜曰:"江东复有此异人,孤何忧哉!诸将皆上书言其懦,孤独不信,今观其言,果非懦也。"于是大起吴兵来接应。

诸将上书,从孙权口中说出,略写。

却说先主于猇亭尽驱水军,顺流而下,沿江屯扎水寨,深入吴境。黄权谏曰:"水军沿江而下,进则易,退则难。臣愿为前驱,陛下直在后阵,庶万无一失。"先主曰:"吴贼胆落,朕长驱大进,有何碍乎?"众官苦谏,先主不从。遂分兵两路:命黄权督江北之兵,以防魏寇;先主自督江南诸军,夹江分立营寨,以图进取。细作探知,连夜报知魏主,言蜀兵伐吴,树栅连营,纵横七百余里,分四十余屯,皆傍山林下寨;今黄权督兵在江北岸,每日出哨百余里,不知何意。魏主闻之,仰面笑曰:"刘备将败矣!"群臣请问其故。魏主曰:"刘玄德不晓兵法;岂有连营七百里,而可以拒敌者乎?包原隰险阻屯兵者①,此兵法之大忌也。玄德必败于东吴陆逊之手,旬

评论蜀军部署和结局,曹丕也知兵。

---

① 包原隰(xí)险阻屯兵者:包,通"苞",草木丛生的地方。原,高平之处。隰,低湿的地方。险阻,地势险要的处所。

第十七回　火烧连营七百里

日之内，消息必至矣。"群臣犹未信，皆请拨兵备之。魏主曰："陆逊若胜，必尽举吴兵去取西川；吴兵远去，国中空虚，朕虚托以兵助战，令三路一齐进兵，东吴唾手可取也。"众皆拜服。魏主下令，使曹仁督一军出濡须，曹休督一军出洞口，曹真督一军出南郡，"三路军马会合日期，暗袭东吴。朕随后自来接应。"调遣已定。

不说魏兵袭吴。且说马良至川，入见孔明，呈上图本而言曰："今移营夹江，横占七百里，下四十余屯，皆依溪傍涧、林木茂盛之处。皇上令良将图本来与丞相观之。"孔明看讫，拍案叫苦曰："是何人教主上如此下寨？可斩此人！"马良曰："皆主上自为，非他人之谋。"孔明叹曰："汉朝气数休矣！"良问其故。孔明曰："包原隰险阻而结营，此兵家之大忌。倘彼用火攻，何以解救？又，岂有连营七百里而可拒敌乎？祸不远矣！陆逊拒守不出，正为此也。汝当速去见天子，改屯诸营，不可如此。"良曰："倘今吴兵已胜，如之奈何？"孔明曰："陆逊不敢来追，成都可保无虞。"良曰："逊何故不追？"孔明曰："恐魏兵袭其后也。主上若有失，当投白帝城避之。吾入川时，已伏下十万兵在鱼腹浦矣。"良大惊曰："某于鱼腹浦往来数次，未尝见一卒，丞相何作此诈语？"孔明曰："后来必见，不劳多问。"马良求了表章，火速投御营来。孔明自回成都，调拨军马救应。

却说陆逊见蜀兵懈怠，不复提防，升帐聚大小将士听令曰："吾自受命以来，未尝出战。今观蜀兵，足知动

诸葛亮对局势的判断准确，深知陆逊的顾虑。

静，故欲先取江南岸一营。谁敢去取？"言未毕，韩当、周泰、凌统等应声而出曰："某等愿往。"逊教皆退不用，独唤阶下末将淳于丹曰："吾与汝五千军，去取江南第四营：蜀将傅彤所守。今晚就要成功。吾自提兵接应。"淳于丹引兵去了，又唤徐盛、丁奉曰："汝等各领兵三千，屯于寨外五里，如淳于丹败回，有兵赶来，当出救之，却不可追去。"二将自引军去了。

却说淳于丹于黄昏时分，领兵前进，到蜀寨时，已三更之后。丹令众军鼓噪而入。蜀营内傅彤引军杀出，挺枪直取淳于丹；丹敌不住，拨马便回。忽然喊声大震，一彪军拦住去路：为首大将赵融。丹夺路而走，折兵大半，正走之间，山后一彪蛮兵拦住：为首番将沙摩柯。丹死战得脱，背后三路军赶来。比及离营五里，吴军徐盛、丁奉二人两下杀来，蜀兵退去，救了淳于丹回营。丹带箭入见陆逊请罪。逊曰："非汝之过也。吾欲试敌人之虚实耳。破蜀之计，吾已定矣。"徐盛、丁奉曰："蜀兵势大，难以破之，空自损兵折将耳。"逊笑曰："吾这条计，但瞒不过诸葛亮耳。天幸此人不在，使我成大功也。"遂集大小将士听令：使朱然于水路进兵，来日午后东南风大作，用船装载茅草，依计而行；韩当引一军攻江北岸，周泰引一军攻江南岸，每人手执茅草一把，内藏硫黄焰硝，各带火种，各执枪刀，一齐而上，但到蜀营，顺风举火；蜀兵四十屯，只烧二十屯，每间一屯烧一屯。各军预带干粮，不许暂退，昼夜追袭，只擒了刘备方止。众将听了军令，

妙在不要胜，先要败，故不用此数人。

意在骄敌之心。

与上文孔明之言相应。

同样火攻，与赤壁之火烧法不同。

第十七回　火烧连营七百里

各受计而去。

却说先主正在御营寻思破吴之计，忽见帐前中军旗幡，无风自倒。乃问程畿曰："此为何兆？"畿曰："今夜莫非吴兵来劫营？"先主曰："昨夜杀尽，安敢再来？"畿曰："倘是陆逊试敌，奈何？"正言间，人报山上远远望见吴兵尽沿山望东去了。先主曰："此是疑兵。"令众休动，命关兴、张苞各引五百骑出巡。黄昏时分，关兴回奏曰："江北营中火起。"先主急令关兴往江北，张苞往江南，探看虚实："倘吴兵到时，可急回报。"二将领命去了。

> 骄傲至极，怎能不败？

初更时分，东南风骤起。只见御营左屯火发。方欲救时，御营右屯又火起。风紧火急，树木皆着，喊声大震。两屯军马齐出，奔离御营中，御营军自相践踏，死者不知其数。后面吴兵杀到，又不知多少军马。先主急上马，奔冯习营时，习营中火光连天而起。江南、江北，照耀如同白日。冯习慌上马引数十骑而走，正逢吴将徐盛军到，敌住厮杀。先主见了，拨马投西便走。徐盛舍了冯习，引兵追来。先主正慌，前面又一军拦住，乃是吴将丁奉，两下夹攻。先主大惊，四面无路。忽然喊声大震，一彪军杀入重围，乃是张苞，救了先主，引御林军奔走。正行之间，前面一军又到，乃蜀将傅彤也，合兵一处而行。背后吴兵追至。先主前到一山，名马鞍山。张苞、傅彤请先主上的山时，山下喊声又起；陆逊大队人马，将马鞍山围住。张苞、傅彤死据山口。先主遥望遍野火光不绝，死尸重叠，

> 先主一急。

> 先主一宽。

> 先主二急。

塞江而下。次日，吴兵又四下放火烧山，军士乱窜，先主惊慌。忽然火光中一将引数骑杀上山来，视之，乃关兴也。兴伏地请曰："四下火光逼近，不可久停。陛下速奔白帝城，再收军马可也。"先主曰："谁敢断后？"傅彤奏曰："臣愿以死当之！"当日黄昏，关兴在前，张苞在中，留傅彤断后，保着先主，杀下山来。吴兵见先主奔走，皆要争功，各引大军，遮天盖地，往西追赶。先主令军士尽脱袍铠，塞道而焚，以断后军。正奔走间，喊声大震，吴将朱然引一军从江岸边杀来，截住去路。先主叫曰："朕死于此矣！"关兴、张苞纵马冲突，被乱箭射回，各带重伤，不能杀出。背后喊声又起，陆逊引大军从山谷中杀来。

先主正慌急之间，此时天色已微明，只见前面喊声震天，朱然军纷纷落涧，滚滚投岩：一彪军杀入，前来救驾。先主大喜，视之，乃常山赵子龙也。时赵云在川中江州，闻吴、蜀交兵，遂引军出；忽见东南一带火光冲天，云心惊，远远探视，不想先主被困，云奋勇冲杀而来。陆逊闻是赵云，急令军退。云正杀之间，忽遇朱然，便与交锋；不一合，一枪刺朱然于马下，杀散吴兵，救出先主，望白帝城而走。先主曰："朕虽得脱，诸将士将奈何？"云曰："敌军在后，不可久迟。陛下且入白帝城歇息，臣再引兵去救应诸将。"此时先主仅存百余人入白帝城。后人有诗赞陆逊曰：持矛举火破连营，玄德穷奔白帝城。一旦威名惊蜀魏，吴王宁不敬书生。

先主二宽。

先主三急。刘备此时的绝望反映出战局的惨状。

先主三宽。

第十七回　火烧连营七百里

却说傅彤断后，被吴军八面围住。丁奉大叫曰："川兵死者无数，降者极多，汝主刘备已被擒获，今汝力穷势孤，何不早降！"傅彤叱曰："吾乃汉将，安肯降吴狗乎！"挺枪纵马，率蜀军奋力死战，不下百余合，往来冲突，不能得脱。彤长叹曰："吾今休矣！"言讫，口中吐血，死于吴军之中。后人赞傅彤诗曰：彝陵吴蜀大交兵，陆逊施谋用火焚。至死犹然骂吴狗，傅彤不愧汉将军。

蜀祭酒程畿，匹马奔至江边，招呼水军赴敌，吴兵随后追来，水军四散奔逃。畿部将叫曰："吴兵至矣！程祭酒快走罢！"畿怒曰："吾自从主上出军，未尝赴敌而逃！"言未毕，吴兵骤至，四下无路，畿拔剑自刎。

时吴班、张南久围彝陵城，忽冯习到，言蜀兵败，遂引军来救先主，孙桓方才得脱。张、冯二将正行之间，前面吴兵杀来，背后孙桓从彝陵城杀出，两下夹攻。张南、冯习奋力冲突，不能得脱，死于乱军之中。后人有诗赞曰：冯习忠无二，张南义少双。沙场甘战死，史册共流芳。吴班杀出重围，又遇吴兵追赶；幸得赵云接着，救回白帝城去了。时有蛮王沙摩柯，匹马奔走，正逢周泰，战二十余合，被泰所杀。蜀将杜路、刘宁尽皆降吴。蜀营一应粮草器仗，尺寸不存。蜀将川兵，降者无数。

> 文臣亦有武将之风，唯书生能忍辱，也唯书生不肯受辱。

> 彝陵之围自解，前已在陆逊谋划之中。

三国演义

章回小结

　　本回情节起伏多变，战争局势频繁逆转，如蜀军起初的优势到后来的溃败，充满戏剧性。人物塑造丰满：陆逊从被质疑到展现非凡智谋，形象逐渐高大，凸显其忍辱负重、深谋远虑；刘备从自信轻敌到陷入绝境，性格弱点暴露无遗。作者深入刻画了刘备、陆逊等人物在战争中的心理活动，使读者能更好地理解他们的决策和行为。故事详细描述了双方的战术安排和应对之策，体现了战争中的智慧较量。故事采取多线叙事的方式，除了战场主线，还涉及魏国内部的讨论、蜀军内部的分歧等支线，丰富了故事内容。对战场环境的描写，如火势、风声等，有力地烘托出紧张、危急的战争氛围。故事中，傅彤在被吴军重重包围的绝境中，宁死不降，挺枪纵马奋力死战，最终战死，他的言行彰显了对蜀汉的忠诚和坚定的忠义精神；赵云在刘备被困的危急时刻，奋勇杀入重围救驾，展现了对主公的忠诚和义胆……这些人物在生死关头，毫不犹豫地选择为蜀汉尽忠，以生命捍卫了忠义的信念。

第十八回　刘玄德白帝城托孤

导读

　　彝陵之战，东吴大获全胜。此时，曹丕不听劝阻，安排三路人马进攻东吴，结果一败涂地。自此，吴、魏关系不和。彝陵之战蜀军惨败，刘备仅带百余人逃入白帝城，直到驾崩，再也没有回到成都。临死之际，他派遣使者把诸葛亮、李严等臣子，以及刘永、刘理两个儿子叫来，交代后事。他感谢诸葛亮帮助他成就帝业；忏悔自己不听丞相之言，遭此败绩；把孩子托付给诸葛亮；暗示马谡其人言过其实，不可大用。他由衷地称赞诸葛亮的才能，并坦诚地表示，如果刘禅"可辅则辅之；如其不才，君可自为成都之主"。

　　却说章武二年夏六月，东吴陆逊大破蜀兵于猇亭彝陵之地；先主奔回白帝城，赵云引兵据守。忽马良至，见大军已败，懊悔不及，将孔明之言，奏知先主。先主叹曰："朕早听丞相之言，不致今日之败！今有何面目复回成都见群臣乎！"遂传旨就白帝城住扎，将馆驿改为永安宫。人报冯习、张南、傅彤、程畿、沙摩柯等皆殁于王事，先主伤感不已。又近臣奏称："黄权引江北之兵，降魏去了。陛下可将彼家属送有司问罪。"先主曰："黄权被吴

> 刘备此时的悔恨，反映出他对不听诸葛亮劝谏的自责。

> 理解黄权的降魏，与曹丕对待于禁相比，不可同日而语。

兵隔断在江北岸，欲归无路，不得已而降魏：是朕负权，非权负朕也，何必罪其家属？"仍给禄米以养之。

却说黄权降魏，请将引见曹丕，丕曰："卿今降朕，欲追慕于陈、韩①耶？"权泣而奏曰："臣受蜀帝之恩，殊遇甚厚，令臣督诸军于江北，被陆逊绝断。臣归蜀无路，降吴不可，故来投陛下。败军之将，免死为幸，安敢追慕于古人耶！"丕大喜，遂拜黄权为镇南将军。权坚辞不受。忽近臣奏曰："有细作人自蜀中来，说蜀主将黄权家属尽皆诛戮。"权曰："臣与蜀主，推诚相信，知臣本心，必不肯杀臣之家小也。"丕然之。后人有诗责黄权曰：降吴不可却降曹，忠义安能事两朝？堪叹黄权惜一死，紫阳书法不轻饶。

> 不说曹丕不能敌孙、刘，而说臣下，委婉之语。

曹丕问贾诩曰："朕欲一统天下，先取蜀乎？先取吴乎？"诩曰："刘备雄才，更兼诸葛亮善能治国；东吴孙权，能识虚实，陆逊现屯兵于险要，隔江泛湖，皆难卒谋。以臣观之，诸将之中，皆无孙权、刘备敌手。虽以陛下天威临之，亦未见万全之势也。只可持守，以待二国之变。"丕曰："朕已遣三路大兵伐吴，安有不胜之理？"尚书刘晔曰："近东吴陆逊，新破蜀兵七十万，上下齐心，更有江湖之阻，不可卒制，陆逊多谋，必有准备。"丕曰："卿前劝朕伐吴，今又谏阻，何也？"晔曰："时有不同也。昔东吴累败于蜀，其势顿挫，故可击耳；今既

---

① 陈、韩：即陈平、韩信。二人原来都是项羽的部下，后弃项投刘，成为汉朝的开国功臣。

第十八回　刘玄德白帝城托孤

获全胜，锐气百倍，未可攻也。"丕曰："朕意已决，卿勿复言。"遂引御林军亲往接应三路兵马。早有哨马报说东吴已有准备：令吕范引兵拒住曹休，诸葛瑾引兵在南郡拒住曹真，朱桓引兵当住濡须以拒曹仁。刘晔曰："既有准备，去恐无益。"丕不从，引兵而去。

却说吴将朱桓，年方二十七岁，极有胆略，孙权甚爱之；时督军于濡须，闻曹仁引大军去取羡溪，桓遂尽拨军守把羡溪去了，止留五千骑守城。忽报曹仁令大将常雕同诸葛虔、王双，引五万精兵飞奔濡须城来。众军皆有惧色。桓按剑而言曰："胜负在将，不在兵之多寡。兵法云：客兵倍而主兵半者，主兵尚能胜于客兵。今曹仁千里跋涉，人马疲困。吾与汝等共据高城，南临大江，北背山险，以逸待劳，以主制客：此乃百战百胜之势。虽曹丕自来，尚不足忧，况仁等耶！"于是传令，教众军偃旗息鼓，只作无人守把之状。

且说魏将先锋常雕，领精兵来取濡须城，遥望城上并无军马。雕催军急进，离城不远，一声炮响，旌旗齐竖。朱桓横刀飞马而出，直取常雕。战不三合，被桓一刀斩常雕于马下。吴兵乘势冲杀一阵，魏兵大败，死者无数。朱桓大胜，得了无数旌旗军器战马。曹仁领兵随后到来，却被吴兵从羡溪杀出。曹仁大败而退，回见魏主，细奏大败之事。丕大惊。正议之间，忽探马报："曹真、夏侯尚围了南郡，被陆逊伏兵于内，诸葛瑾伏兵于外，内外夹攻，因此大败。"言未毕，忽探马又报："曹休亦被吕范杀

> 曹丕的固执和独断专行，为其失败埋下伏笔。

> 东吴的三路兵马，借哨马之口说出，节省了笔墨。

> 朱桓的英勇表现，展现了东吴将领的勇猛。

> 东吴两胜。此二处均是实写。

> 此二路曹军战败，均是虚写。

败。"丕听知三路兵败，乃喟然叹曰："朕不听贾诩、刘晔之言，果有此败！"时值夏天，大疫流行，马步军十死六七，遂引军回洛阳。吴、魏自此不和。

却说先主在永安宫，染病不起，渐渐沉重，至章武三年夏四月，先主自知病入四肢，又哭关、张二弟，其病愈深：两目昏花。厌见侍从之人，乃叱退左右，独卧于龙榻之上。忽然阴风骤起，将灯吹摇，灭而复明，只见灯影之下，二人侍立。先主怒曰："朕心绪不宁，教汝等且退，何故又来！"叱之不退。先主起而视之，上首乃云长，下首乃翼德也。先主大惊曰："二弟原来尚在？"云长曰："臣等非人，乃鬼也。上帝以臣二人平生不失信义，皆敕命为神。哥哥与兄弟聚会不远矣。"先主扯定大哭。忽然惊觉，二弟不见。即唤从人问之，时正三更。先主叹曰："朕不久于人世矣！"遂遣使往成都，请丞相诸葛亮、尚书令李严等，星夜来永安宫，听受遗命。孔明等与先主次子鲁王刘永、梁王刘理，来永安宫见帝，留太子刘禅守成都。

且说孔明到永安宫，见先主病危，慌忙拜伏于龙榻之下。先主传旨，请孔明坐于龙榻之侧。抚其背曰："朕自得丞相，幸成帝业；何期智识浅陋，不纳丞相之言，自取其败。悔恨成疾，死在旦夕。嗣子孱弱，不得不以大事相托。"言讫，泪流满面。孔明亦涕泣曰："愿陛下善保龙体，以副天下之望！"先主以目遍视，只见马良之弟马谡在傍，先主令且退。谡退出，先主谓孔明曰："丞相观马谡之才何如？"孔明曰："此人亦当世之英才也。"先主

欲写梦，先写卧；欲写见鬼，先写厌见人。

刘备梦中与关张相见，暗示其生命即将走到尽头，增添了悲剧色彩。

先主在白帝而刘禅在成都，与曹操在洛阳而曹丕在邺郡一样，临终之时父子皆不相见，写法上相似。

第十八回　刘玄德白帝城托孤

曰："不然。朕观此人，言过其实，不可大用。丞相宜深察之。"

　　分付毕，传旨召诸臣入殿，取纸笔写了遗诏，递与孔明而叹曰："朕不读书，粗知大略。圣人云：鸟之将死，其鸣也哀；人之将死，其言也善。朕本待与卿等同灭曹贼，共扶汉室；不幸中道而别。烦丞相将诏付与太子禅，令勿以为常言。凡事更望丞相教之！"孔明等泣拜于地曰："愿陛下将息龙体！臣等尽施犬马之劳，以报陛下知遇之恩也。"先主命内侍扶起孔明，一手掩泪，一手执其手，曰："朕今死矣，有心腹之言相告！"孔明曰："有何圣谕！"先主泣曰："君才十倍曹丕，必能安邦定国，终定大事。若嗣子可辅，则辅之；如其不才，君可自为成都之主。"孔明听毕，汗流遍体，手足失措，泣拜于地曰："臣安敢不竭股肱之力，尽忠贞之节，继之以死乎！"言讫，叩头流血。

　　先主又请孔明坐于榻上，唤鲁王刘永、梁王刘理近前，分付曰："尔等皆记朕言：朕亡之后，尔兄弟三人，皆以父事丞相，不可怠慢。"言罢，遂命二王同拜孔明。二王拜毕，孔明曰："臣虽肝脑涂地，安能报知遇之恩也！"先主谓众官曰："朕已托孤于丞相，令嗣子以父事之。卿等俱不可怠慢，以负朕望。"又嘱赵云曰："朕与卿于患难之中，相从到今，不想于此地分别。卿可想朕故交，早晚看觑①吾子，勿负朕言。"云泣拜曰："臣敢不

刘备对马谡的准确判断，显示出他的识人之明。

临终之时，不提东吴，只说曹贼，可知他对伐吴的悔恨。

有人说这是先主在接纳孔明之心，也有人说他深知刘禅无用。

一番救阿斗，一番夺阿斗，赵云有恩于阿斗，与别将不同。

---

①看觑（qù）：看顾、照料的意思。

刘备临终前对众官的嘱托，尽显其对国家和臣子的牵挂。

效犬马之劳！"先主又谓众官曰："卿等众官，朕不能一一分嘱，愿皆自爱。"言毕，驾崩，寿六十三岁。时章武三年夏四月二十四日也。后杜工部有诗叹曰：蜀主窥吴向三峡，崩年亦在永安宫。翠华想像空山外，玉殿虚无野寺中。古庙杉松巢水鹤，岁时伏腊走村翁。武侯祠屋长邻近，一体君臣祭祀同。

先主驾崩，文武官僚，无不哀痛。孔明率众官奉梓宫①还成都。太子刘禅出城迎接灵柩，安于正殿之内。举哀

---

① 梓（zǐ）宫：指皇帝的尸柩。

第十八回　刘玄德白帝城托孤

行礼毕，开读遗诏。诏曰：朕初得疾，但下痢耳；后转生杂病，殆不自济。朕闻人年五十，不称夭寿。今朕年六十有余，死复何恨？但以卿兄弟为念耳。勉之！勉之！勿以恶小而为之，勿以善小而不为。惟贤惟德，可以服人；卿父德薄，不足效也。卿与丞相从事，事之如父，勿怠！勿忘！卿兄弟更求闻达。至嘱！至嘱！群臣读诏已毕。孔明曰："国不可一日无君，请立嗣君，以承汉统。"乃立太子禅即皇帝位，改元建兴。加诸葛亮为武乡侯，领益州牧。葬先主于惠陵，谥曰昭烈皇帝。尊皇后吴氏为皇太后；谥甘夫人为昭烈皇后，糜夫人亦追谥为皇后。升赏群臣，大赦天下。

早有魏军探知此事，报入中原。近臣奏知魏主。曹丕大喜曰："刘备已亡，朕无忧矣。何不乘其国中无主，起兵伐之？"贾诩谏曰："刘备虽亡，必托孤于诸葛亮。亮感备知遇之恩，必倾心竭力，扶持嗣主。陛下不可仓卒伐之。"正言间，忽一人从班部中奋然而出曰："不乘此时进兵，更待何时？"众视之，乃司马懿也。丕大喜，遂问计于懿。懿曰："若只起中国之兵，急难取胜。须用五路大兵，四面夹攻，令诸葛亮首尾不能救应，然后可图。"

> 刘备重视孩子的品德修养，强调孩子要德才兼备。

171

三国演义

章回小结

故事情节紧凑有序,从猇亭之战的后续影响,到各方势力的动态,再到刘备托孤,一环扣一环,毫无拖沓之感。多方势力交织,清晰地展现了蜀、吴、魏三国之间的相互关系和复杂局势,使故事更具宏观性。故事详细描绘了刘备托孤诸葛亮的情景,展现了君臣之间的深厚情谊和信任。人物刻画丰富,刘备在病榻上的悔恨、对臣子的嘱托,凸显其复杂的内心世界;诸葛亮的忠诚与尽责令人动容;曹丕的刚愎自用,黄权的无奈,均被生动展现。刘备对黄权的宽容与外界对黄权的指责形成鲜明对比,突显刘备的大度;曹丕不听良言执意伐吴与伐吴的失败形成对比,展现其决策失误。作者通过战争的胜负、人物的命运,表达了对忠义、智慧、仁德等品质的赞扬,以及对权力传承和国家命运的思考。

第十九回　汉丞相星陨五丈原

导读

诸葛亮为完成先帝刘备的遗志，在安定了南方之后，开始北伐，可以概括为六出祁山。诸葛亮初次出祁山，因为马谡失街亭，无功而返；第二次出祁山，因为粮食不继，被迫返回；第三次出祁山，因为诸葛亮生病，撤回成都；40万魏军入侵，诸葛亮第四次出祁山，因为流言被刘禅诏回；第五次出祁山，李严妄称东吴要兴兵入侵，蜀军退回西川；第六次出祁山，诸葛亮过度劳累而病亡。蜀军将领按他的遗令行事，既解决了即将发生的内讧，又吓退了司马懿带领的魏兵，百姓称赞"死诸葛能走生仲达"。

姜维入帐，直至孔明榻前问安。孔明曰："吾本欲竭忠尽力，恢复中原，重兴汉室；奈天意如此，吾旦夕将死。吾平生所学，已著书二十四篇，计十万四千一百一十二字，内有八务、七戒、六恐、五惧之法。吾遍观诸将，无人可授，独汝可传我书。切勿轻忽！"维哭拜而受。孔明又曰："吾有'连弩'之法，不曾用得。其法矢长八寸，一弩可发十矢，皆画成图本。汝可依法造用。"维亦拜受。孔明又曰："蜀中诸道，皆不必多忧；惟阴平之地，切须

为后文邓艾由此入川埋下伏笔。

仔细。此地虽险峻，久必有失。"又唤马岱入帐，附耳低言，授以密计；嘱曰："我死之后，汝可依计行之。"岱领计而出。少顷，杨仪入。孔明唤至榻前，授与一锦囊，密嘱曰："我死，魏延必反；待其反时，汝与临阵，方开此囊。那时自有斩魏延之人也。"孔明一一调度已毕，便昏然而倒，至晚方苏，便连夜表奏后主。后主闻奏大惊，急命尚书李福，星夜至军中问安，兼询后事。李福领命，趱程赴五丈原，入见孔明，传后主之命，问安毕。孔明流涕曰："吾不幸中道丧亡，虚废国家大事，得罪于天下。我死后，公等宜竭忠辅主。国家旧制，不可改易；吾所用之人，亦不可轻废。吾兵法皆授与姜维，他自能继吾之志，为国家出力。吾命已在旦夕，当即有遗表上奏天子也。"李福领了言语，匆匆辞去。

孔明强支病体，令左右扶上小车，出寨遍观各营；自觉秋风吹面，彻骨生寒，乃长叹曰："再不能临阵讨贼矣！悠悠苍天，曷此其极！"叹息良久。回到帐中，病转沉重，乃唤杨仪分付曰："王平、廖化、张嶷、张翼、吴懿等，皆忠义之士，久经战阵，多负勤劳，堪可委用。我死之后，凡事俱依旧法而行。缓缓退兵，不可急骤。汝深通谋略，不必多嘱。姜伯约智勇足备，可以断后。"杨仪泣拜受命。孔明令取文房四宝，于卧榻上手书遗表，以达后主。表略曰：

伏闻生死有常，难逃定数；死之将至，愿尽愚忠：臣亮赋性愚拙，遭时艰难，分符拥节，专掌钧衡，兴师北

> 诸葛亮临终仍心系国家，对后事安排周全，尽显其忠诚与担当。

> 写孔明的病体，也在写他凄凉的心境。遗憾壮志未酬，心有不甘。

第十九回　汉丞相星陨五丈原

伐，未获成功；何期病入膏肓，命垂旦夕，不及终事陛下，饮恨无穷！伏愿陛下：清心寡欲，约己爱民；达孝道于先皇，布仁恩于宇下；提拔幽隐，以进贤良；屏斥奸邪，以厚风俗。

臣家成都有桑八百株，薄田十五顷，子弟衣食，自有余饶。至于臣在外任，别无调度，随身衣食，悉仰于官，不别治生，以长尺寸。臣死之日，不使内有余帛，外有赢财，以负陛下也。

孔明写毕，又嘱杨仪曰："吾死之后，不可发丧。可作一大龛，

三国演义

此计展现出诸葛亮的神机妙算，为蜀军安全撤退创造条件。

将吾尸坐于龛中；以米七粒，放吾口内；脚下用明灯一盏；军中安静如常，切勿举哀：则将星不坠。吾阴魂更自起镇之。司马懿见将星不坠，必然惊疑。吾军可令后寨先行，然后一营一营缓缓而退。若司马懿来追，汝可布成阵势，回旗返鼓。等他来到，却将我先时所雕木像，安于车上，推出军前，令大小将士，分列左右。懿见之必惊走矣。"杨仪一一领诺。

是夜，孔明令人扶出，仰观北斗，遥指一星曰："此吾之将星也。"众视之，见其色昏暗，摇摇欲坠。孔明以剑指之，口中念咒。咒毕急回帐时，不省人事。众将正慌乱间，忽尚书李福又至；见孔明昏绝，口不能言，乃大哭曰："我误国家之大事也！"须臾，孔明复醒，开目遍视，见李福立于榻前。孔明曰："吾已知公复来之意。"福谢曰："福奉天子命，问丞相百年后，谁可任大事者。适因匆遽，失于谘请，故复来耳。"孔明曰："吾死之后，可任大事者：蒋公琰其宜也。"福曰："公琰之后，谁可继之？"孔明曰："费文伟可继之。"福又问："文伟之后，谁当继者？"孔明不答。众将近前视之，已薨矣。时建兴十二年秋八月二十三日也，寿五十四岁。后杜工部有诗叹曰：长星昨夜坠前营，讣报先生此日倾。虎帐不闻施号令，麟台惟显著勋名。空余门下三千客，辜负胸中十万兵。好看绿阴清昼里，于今无复雅歌声！白乐天亦有诗曰：先生晦迹卧山林，三顾那逢圣主寻。鱼到南阳方得水，龙飞天汉便为霖。托孤既尽殷勤礼，报国还倾忠义

第十九回　汉丞相星陨五丈原

心。前后出师遗表在，令人一览泪沾襟。

初，蜀长水校尉廖立，自谓才名宜为孔明之副，尝以职位闲散，怏怏不平，怨谤无已。于是孔明废之为庶人，徙之汶山。及闻孔明亡，乃垂泣曰："吾终为左衽①矣！"李严闻之，亦大哭病死，盖严尝望孔明复收己，得自补前过；度孔明死后，人不能用之故也。后元微之有赞孔明诗曰：拨乱扶危主，殷勤受托孤。英才过管乐，妙策胜孙吴。凛凛《出师表》，堂堂八阵图。如公全盛德，应叹古今无！

> 从廖立和李严的反应，侧面烘托出诸葛亮的威望和影响力。

是夜，天愁地惨，月色无光，孔明奄然归天。姜维、杨仪遵孔明遗命，不敢举哀，依法成殓，安置龛中，令心腹将卒三百人守护；随传密令，使魏延断后，各处营寨一一退去。

> 融情入景，天地、月色因孔明的逝去而黯淡。

却说司马懿夜观天文，见一大星，赤色，光芒有角，自东北方流于西南方，坠于蜀营内，三投再起，隐隐有声。懿惊喜曰："孔明死矣！"即传令起大兵追之。方出寨门，忽又疑虑曰："孔明善会六丁六甲之法，今见我久不出战，故以此术诈死，诱我出耳。今若追之，必中其计。"遂复勒马回寨不出，只令夏侯霸暗引数十骑，往五丈原山僻哨探消息。

> 既喜又疑，极写司马懿对孔明异常畏惧的心理。

费祎至魏延寨中，屏退左右，告曰："昨夜三更，丞相已辞世矣。临终再三嘱付，令将军断后以当司马懿，

---

① 左衽：古时，中原人的衣襟向右掩，少数民族的衣襟多向左掩。终为左衽，是说只能终身住在偏远的少数民族地区了。

177

缓缓而退，不可发丧。今兵符在此，便可起兵。"延曰："何人代理丞相之大事？"祎曰："丞相一应大事，尽托与杨仪；用兵密法，皆授与姜伯约。此兵符乃杨仪之令也。"延曰："丞相虽亡，吾今现在。杨仪不过一长史，安能当此大任？他只宜扶柩入川安葬。我自率大兵攻司马懿，务要成功。岂可因丞相一人而废国家大事耶？"祎曰："丞相遗令，教且暂退，不可有违。"延怒曰："丞相当时若依我计，取长安久矣！吾今官任前将军、征西大将军、南郑侯，安肯与长史断后！"祎曰："将军之言虽是，然不可轻动，令敌人耻笑。待吾往见杨仪，以利害说之，令彼将兵权让与将军，何如？"延依其言。

祎辞延出营，急到大寨见杨仪，具述魏延之语。仪曰："丞相临终，曾密嘱我曰：魏延必有异志。今我以兵符往，实欲探其心耳。今果应丞相之言。吾自令伯约断后可也。"于是杨仪领兵扶柩先行，令姜维断后；依孔明遗令，徐徐而退。魏延在寨中，不见费祎来回覆，心中疑惑，乃令马岱引十数骑往探消息。回报曰："后军乃姜维总督，前军大半退入谷中去了。"延大怒曰："竖儒安敢欺我！我必杀之！"因顾谓岱曰："公肯相助否？"岱曰："某亦素恨杨仪，今愿助将军攻之。"延大喜，即拔寨引本部兵望南而行。

却说夏侯霸引军至五丈原看时，不见一人，急回报司马懿曰："蜀兵已尽退矣。"懿跌足曰："孔明真死矣！可速追之！"夏侯霸曰："都督不可轻追。当令偏将先

此是不服孔明。初出祁山，魏延献策说，他愿带五千精兵，循秦岭以东，当子午谷而投北，不过十日，可到长安。此言与当初之事遥相呼应。

杨仪对诸葛亮遗言的复述，表现出诸葛亮对局势的准确预判。

此是孔明的安排，却不明说，让读者自己领会。

第十九回　汉丞相星陨五丈原

往。"懿曰："此番须吾自行。"遂引兵同二子一齐杀奔五丈原来；呐喊摇旗，杀入蜀寨时，果无一人。懿顾二子曰："汝急催兵赶来，吾先引军前进。"于是司马师、司马昭在后催军；懿自引军当先，追到山脚下，望见蜀兵不远，乃奋力追赶。忽然山后一声炮响，喊声大震，只见蜀兵俱回旗返鼓，树影中飘出中军大旗，上书一行大字曰："汉丞相武乡侯诸葛亮。"懿大惊失色。定睛看时，只见中军数十员上将，拥出一辆四轮车来；车上端坐孔明：纶巾羽扇，鹤氅皂绦。懿大惊曰："孔明尚在！吾轻入重地，堕其计矣！"急勒回马便走。背后姜维大叫："贼将休走！你中了我丞相之计也！"魏兵魂飞魄散，弃甲丢盔，抛戈撇戟，各逃性命，自相践踏，死者无数。司马懿奔走了五十余里，背后两员魏将赶上，扯住马嚼环叫曰："都督勿惊。"懿用手摸头曰："我有头否？"二将曰："都督休怕，蜀兵去远了。"懿喘息半晌，神色方定；睁目视之，乃夏侯霸、夏侯惠也；乃徐徐按辔，与二将寻小路奔归本寨，使众将引兵四散哨探。

> 司马懿的惊慌失措，凸显了诸葛亮计谋的成功。

> 极写司马懿对孔明的恐惧。摸头之言，诙谐风趣。

过了两日，乡民奔告曰："蜀兵退入谷中之时，哀声震地，军中扬起白旗：孔明果然死了，止留姜维引一千兵断后。前日车上之孔明，乃木人也。"懿叹曰："吾能料其生，不能料其死也！"因此蜀中人谚曰："死诸葛能走生仲达①。"后人有诗叹曰：长星半夜落天枢，奔走还疑亮

> 虽然是解嘲之言，但心中不无惭愧。

---

①能走生仲达：能把活仲达（司马懿）吓跑。走，使之逃跑。

未殂。关外至今人冷笑，头颅犹问有和无！

司马懿知孔明死信已确，乃复引兵追赶。行到赤岸坡，见蜀兵已去远，乃引还，顾谓众将曰："孔明已死，我等皆高枕无忧矣！"遂班师回。一路上见孔明安营下寨之处，前后左右，整整有法，懿叹曰："此天下奇才也！"于是引兵回长安，分调众将，各守隘口，懿自回洛阳面君去了。

> 写出了司马懿对孔明的惧怕。借对手间接写出孔明的才能。

章回小结

　　整个故事发展一波三折，从诸葛亮病危到死后的局势变化，充满了意外和转折。本回细致入微地展现了诸葛亮临终前对诸多事务的精心布置，从兵法传承到人员任用，从退兵策略到应对魏延可能反叛的预判，尽显其深谋远虑和对蜀汉的耿耿忠心。围绕诸葛亮之死，蜀魏之间的军事形势变幻莫测，司马懿的试探、追击，蜀军的有序撤退和巧妙应对，使情节充满紧张感。即使诸葛亮已亡，其生前的安排仍能令司马懿中计，凸显了其智谋的高超，给读者留下深刻印象。诸葛亮的鞠躬尽瘁与魏延的急功近利形成鲜明对比，突出了人物性格的差异。司马懿的多疑谨慎与诸葛亮的神机妙算相互映衬，展现了双方军事智慧的不同特点。通过廖立、李严等人的反应，深刻地表达了众人对诸葛亮的敬重和惋惜，体现了诸葛亮在众人心中的崇高地位和影响力，彰显了忠义之情，也烘托出浓厚的悲剧氛围。

第二十回　后主刘禅乐不思蜀

导读

在东吴，孙权病逝，少子孙亮继位。孙亮虽然聪明，但由于权柄先后被孙峻、孙琳把持，他也无可奈何。孙亮要杀孙琳，反被废掉，另立琅琊王孙休为君。老将丁奉设计杀了孙琳，刘禅还派遣使者道贺。在曹魏，曹睿死前，将8岁的儿子曹芳托孤给司马懿和曹爽。曹爽想替父亲曹真出气，但他根本不是司马懿的对手，落得个全家身死的下场，而司马懿父子三人同领国政。司马懿死后，其子司马师废掉了曹芳，另立曹操的孙子曹髦为帝。镇东将军毋丘俭、扬州刺史文钦以废主为名，讨伐司马师。司马师镇压了他们，也付出了生命的代价。司马昭打败了诸葛诞，逼曹髦封其晋公。曹髦忍无可忍讨伐司马昭，被成济刺死。司马昭又立曹奂为帝。蜀汉的姜维，为报诸葛亮的知遇之恩，九伐中原。司马昭以钟会为镇西将军伐蜀，以邓艾、诸葛绪策应。钟会率领十万大军，由斜谷、骆谷进入蜀地。邓艾偷渡阴平成功，刘禅君臣投降。司马昭认为邓艾父子有谋反迹象，让钟会加以压制。姜维诈降钟会，把伐蜀的钟、邓尽皆毁灭，自己也结束了生命。

却说钟会请姜维计议收邓艾之策。维曰："可先令监军卫瓘收艾。艾若杀瓘，反情实矣。将军却起兵讨之，可也。"会大喜，遂令卫瓘引数十人入成都，收邓艾父子。瓘手下人止之曰："此是钟司徒令邓征西杀将军,以正反情也。切不可行。"瓘曰:"吾自有计。"遂先发檄文二三十道。其檄曰:"奉诏收艾,其余各无所问。若早来归,爵赏如先;敢有不出者,灭三族。"随备槛车两乘,星夜望成都而来。比及鸡鸣,艾部将见檄文者,皆来投拜于卫瓘马前。时邓艾在府中未起。瓘引数十人突入大呼曰:"奉诏收邓艾父子!"艾大惊,滚下床来。瓘叱武士缚于车上。其子邓忠出问,亦被捉下,缚于车上。府中将吏大惊,欲待动手抢夺,早望见尘头大起,哨马报说钟司徒大兵到了。众各四散奔走。钟会与姜维下马入府,见邓艾父子已被缚。会以鞭挞邓艾之首而骂曰:"养犊小儿,何敢如此!"姜维亦骂曰:"匹夫行险徼幸,亦有今日耶!"艾亦大骂。会将艾父子送赴洛阳。

> 三人的对骂展现出各自复杂的心境和矛盾冲突。

会入成都,尽得邓艾军马,威声大震。乃谓姜维曰:"吾今日方趁平生之愿矣!"维曰:"昔韩信不听蒯通之说,而有未央宫之祸;大夫种不从范蠡于五湖,卒伏剑而死:斯二子者,其功名岂不赫然哉,徒以利害未明,而见机之不早也。今公大勋已就,威震其主,何不泛舟绝迹,登峨嵋之岭,而从赤松子游①乎?"会笑曰:"君言差矣。吾年未四旬,方思进取,岂能便效此退闲之事?"维曰:"若不退闲,当早图良策。此则明公智力所能,无烦老夫之言矣。"会抚掌大笑曰:"伯约知吾心也。"二人

> 分明教他谋反,但妙在不明白说出。

---

① 从赤松子游:张良是汉朝的开国功臣;后跟从赤松子"学道"。赤松子,传说中的一位仙人。

第二十回　后主刘禅乐不思蜀

自此每日商议大事。维密与后主书曰："望陛下忍数日之辱，维将使社稷危而复安，日月幽而复明，必不使汉室终灭也。"

姜维的密书体现了他对蜀汉的耿耿忠心和复国的坚定决心。

却说钟会正与姜维谋反，忽报司马昭有书到。会接书。书中言："吾恐司徒收艾不下，自屯兵于长安；相见在近，以此先报。"会大惊曰："吾兵多艾数倍，若但要我擒艾，晋公知吾独能办之。今日自引兵来，是疑我也！"遂与姜维计议。维曰："君疑臣则臣必死，岂不见邓艾乎？"会曰："吾意决矣！事成则得天下，不成则退西蜀，亦不失作刘备也。"维曰："近闻郭太后新亡，可诈称太后有遗诏，教讨司马昭，以正弑君之罪。据明公之才，中原可席卷而定。"会曰："伯约当作先锋。成事之后，同享富贵。"维曰："愿效犬马微劳，但恐诸将不服耳。"会曰："来日元宵佳节，于故宫大张灯火，请诸将饮宴。如不从者尽杀之。"维暗喜。次日，会、维二人请诸将饮宴。数巡后，会执杯大哭。诸将惊问其故，会曰："郭太后临崩有遗诏在此，为司马昭南阙弑君，大逆无道，早晚将篡魏，命吾讨之。汝等各自金名，共成此事。"众皆大惊，面面相觑。会拔剑出鞘曰："违令者斩！"众皆恐惧，只得相从。画字已毕，会乃困诸将于宫中，严兵禁守。维曰："我见诸将不服，请坑之。"会曰："吾已令宫中掘一坑，置大棒数千；如不从者，打死坑之。"

钟会的这番话暴露出他的野心和狂妄。

时有心腹将丘建在侧。建乃护军胡烈部下旧人也，时胡烈亦被监在宫。建乃密将钟会所言，报知胡烈。烈

丘建的告密成为局势反转的关键，展现了内部的人心不稳。

183

大惊，泣告曰："吾儿胡渊领兵在外，安知会怀此心耶？汝可念旧日之情，透一消息，虽死无恨。"建曰："恩主勿忧，容某图之。"遂出告会曰："主公软监诸将在内，水食不便，可令一人往来传递。"会素听丘建之言，遂令丘建监临。会分付曰："吾以重事托汝，休得泄漏。"建曰："主公放心，某自有紧严之法。"建暗令胡烈亲信人入内，烈以密书付其人。其人持书火速至胡渊营内，细言其事，呈上密书。渊大惊，遂遍示诸营知之。众将大怒，急来渊营商议曰："我等虽死，岂肯从反臣耶？"渊曰："正月十八日中，可骤入内，如此行之。"监军卫瓘深喜胡渊之谋，即整顿了人马，令丘建传与胡烈。烈报知诸将。

却说钟会请姜维问曰："吾夜梦大蛇数千条咬吾，主何吉凶？"维曰："梦龙蛇者，皆吉庆之兆也。"会喜，信其言，乃谓维曰："器仗已备，放诸将出问之，若何？"维曰："此辈皆有不服之心，久必为害，不如乘早戮之。"会从之，即命姜维领武士往杀众魏将。维领命，方欲行动，忽然一阵心疼，昏倒在地；左右扶起，半晌方苏。忽报宫外人声沸腾。会方令人探时，喊声大震，四面八方，无限兵到。维曰："此必是诸将作恶，可先斩之。"忽报兵已入内。会令闭上殿门，使军士上殿屋以瓦击之，互相杀死数十人。宫外四面火起，外兵砍开殿门杀入。会自掣剑立杀数人，却被乱箭射倒。众将枭其首。维拔剑上殿，往来冲突，不幸心疼转加。维仰天大叫

激烈的战斗场景描写，渲染了紧张血腥的气氛。

曰："吾计不成，乃天命也！"遂自刎而死。时年五十九岁。宫中死者数百人。卫瓘曰："众军各归营所，以待王命。"魏兵争欲报仇，共剖维腹，其胆大如鸡卵。众将又尽取姜维家属杀之。

> 姜维的悲壮结局令人感慨，凸显了他的无奈和忠诚。

邓艾部下之人，见钟会、姜维已死，遂连夜去追劫邓艾。早有人报知卫瓘。瓘曰："是我捉艾；今若留他，我无葬身之地矣。"护军田续曰："昔邓艾取江油之时，欲杀续，得众官告免。今日当报此恨！"瓘大喜，遂遣田续引五百兵赶至绵竹，正遇邓艾父子放出槛车，欲还成都。艾只道是本部兵到，不作准备；欲待问时，被田续一刀斩之。邓忠亦死于乱军之中。后人有诗叹邓艾曰：自幼能筹画，多谋善用兵。凝眸知地理，仰面识天文。马到山根断，兵来石径分。功成身被害，魂绕汉江云。又有诗叹钟会曰：髫年称早慧，曾作秘书郎。妙计倾司马，当时号子房。寿春多赞画，剑阁显鹰扬。不学陶朱隐，游魂悲故乡。又有诗叹姜维曰：天水夸英俊，凉州产异才。系从尚父出，术奉武侯来。大胆应无惧，雄心誓不回。成都身死日，汉将有余哀。

却说姜维、钟会、邓艾已死，张翼等亦死于乱军之中。太子刘璿、汉寿亭侯关彝，皆被魏兵所杀。军民大乱，互相践踏，死者不计其数。旬日后，贾充先至，出榜安民，方始宁靖。留卫瓘守成都，乃迁后主赴洛阳。止有尚书令樊建、侍中张绍、光禄大夫谯周、秘书郎郤正等数人跟随。廖化、董厥皆托病不起，后皆忧死。

三国演义

时魏景元五年改为咸熙元年，春三月，吴将丁奉见蜀已亡，遂收兵还吴。中书丞华覈奏吴主孙休曰："吴、蜀乃唇齿也，唇亡则齿寒；臣料司马昭伐吴在即，乞陛下深加防御。"休从其言，遂命陆逊子陆抗为镇东大将军，领荆州牧，守江口；左将军孙异守南徐诸处隘口；又沿江一带，屯兵数百营，老将丁奉总督之，以防魏兵。

建宁太守霍戈闻成都不守，素服望西大哭三日。诸将皆曰："既汉主失位，何不速降？"戈泣谓曰："道路隔绝，未知吾主安危若何。若魏主以礼待之，则举城而降，未为晚也；万一危辱吾主，则主辱臣死，何可降乎？"众然其言，乃使人到洛阳，探听后主消息去了。

且说后主至洛阳时，司马昭已自回朝。昭责后主曰："公荒淫无道，废贤失政，理宜诛戮。"后主面如土色，不知所为。文武皆奏曰："蜀主既失国纪，幸早归降，宜赦之。"昭乃封禅为安乐公，赐住宅，月给用度，赐绢万匹，僮婢百人。子刘瑶及群臣樊建、谯周、郤正等，皆封侯爵。后主谢恩出内。昭因黄皓蠹国[①]害民，令武士押出市曹，凌迟处死。时霍戈探听得后主受封，遂率部下军士来降。次日，后主亲诣司马昭府下拜谢。昭设宴款待，先以魏乐舞戏于前，蜀官感伤，独后主有喜色。昭令蜀人扮蜀乐于前，蜀官尽皆堕泪，后主嬉笑自若。酒至半酣，昭谓贾充曰："人之无情，乃至于此！虽使诸葛孔明在，亦不能辅之久全，何况姜维乎？"乃问后主曰："颇思蜀

> 刘禅的懦弱无能在此处表露无遗。

> "生于忧患，死于安乐。"蜀国已亡。

> 见魏而不思蜀，已是无情。见蜀而不思蜀，更是无情。

[①] 蠹（dù）国：暗里损害国家，像蠹虫蛀蚀东西一样。

第二十回　后主刘禅乐不思蜀

否？"后主曰："此间乐，不思蜀也。"须臾，后主起身更衣，郤正跟至厢下曰："陛下如何答应不思蜀也？倘彼再问，可泣而答曰：先人坟墓，远在蜀地，乃心西悲，无日不思。晋公必放陛下归蜀矣。"后主牢记入席。酒将微醉，昭又问曰："颇思蜀否？"后主如郤正之言以对，欲哭无泪，遂闭其目。昭曰："何乃似郤正语耶？"后主开目惊视曰："诚如尊命。"昭及左右皆笑之。昭因此深喜后主诚实，并不疑虑。后人有诗叹曰：

　　追欢作乐笑颜开，不念危亡半点哀。
　　快乐异乡忘故国，方知后主是庸才。

> 通过语言、表情和动作描写，刻画出一个滑稽可笑的刘禅。二人相比，一个心机深沉，一个全无心肠，写得惟妙惟肖。

章回小结

　　故事推进有急有缓，如兵变时的紧张激烈与后主在洛阳的相对舒缓，形成节奏上的变化，详细展现了钟会、姜维、邓艾之间错综复杂的权力争斗，情节环环相扣，充满变数。从谋划谋反到兵变冲突，紧张的气氛贯穿始终，让读者心弦紧绷。众多人物的死亡和蜀汉的彻底覆灭，充满了悲剧意味。通过蜀地的局部事件反映了三国末期政治局势的动荡和混乱。本回采取多视角叙事，不仅关注主要人物的行动和心理，还通过旁人的反应和举动来推动情节发展，丰富了故事层次。故事进行了生动的人物群像刻画：钟会的野心勃勃和刚愎自用；姜维的忠诚执着和复国决心；邓艾的战功赫赫与悲惨结局；后主刘禅的贪图享乐和懦弱无能。通过对人物命运和历史事件的描述，展现了时代的变迁和历史的必然性。

快乐读书吧
名师助读版

阅读能力进阶测评

三国演义

目录

挑战阅读任务（一）·· 1

挑战阅读任务（二）·· 3

挑战阅读任务（三）·· 5

挑战阅读任务（四）·· 7

参考答案·· 10

挑战阅读任务（一）

第1阶　阅读与鉴赏

1. [整体感知] 请你阅读《宴桃园豪杰三结义》，按顺序补全下面的情节图。

| 天下大势与黄巾起义 | 刘焉招兵与刘备出场 | | 首战程远志，告捷 | |

2. [整合信息] 结合《谋董贼孟德献宝刀》《曹孟德煮酒论英雄》中曹操的表现可知，曹操的性格特点不包括以下哪一项？（　　）

A. 有勇有谋　　B. 优柔寡断

C. 自负多疑　　D. 灵活应变

3. [推断探究] 假如曹操强行追回刘备并将其关押，以下最有可能发生的情况是（　　）。

A. 董承等人的衣带诏计划立即失败。

B. 关羽和张飞会投降曹操。

C. 刘备会放弃兴复汉室的志向。

D. 曹操能顺利剿灭所有反对势力。

4. [赏析评价] 请结合《虎牢关三英战吕布》的内容，分析关羽的人物形象，并说明理由。（至少写出两点）

· 1 ·

- 形象一：_____
- 理由：_____

- 形象二：_____
- 理由：_____

第2阶　梳理与探究

请你阅读《宴桃园豪杰三结义》，找到以下三位人物外貌描写的部分读一读，写一写你感受到的人物的性格特点，总结外貌描写的好处。

人物	外貌	性格特点	外貌描写的好处
刘备			
关羽			
张飞			

第3阶　表达与交流

请结合文本内容，以刘备的视角，写一段他得知曹操派人来追时的内心独白。（提示：可以围绕刘备对自身处境的担忧、对未来的迷茫、对兴复汉室志向的坚持等方面展开。）

_____
_____
_____

挑战阅读任务（二）

第1阶　阅读与鉴赏

1. [整体感知] 请你根据《关云长千里走单骑》的内容，按顺序补全下面的情节图。

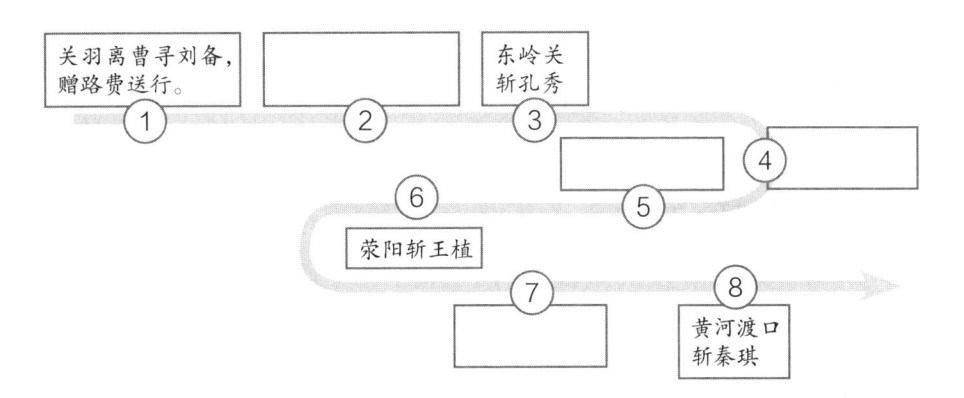

```
①关羽离曹寻刘备，  ②____          ③东岭关
  赠路费送行。                     斩孔秀
                                              ④____
              ⑥____          ⑤____
           荥阳斩王植
                           ⑦____      ⑧黄河渡口
                                         斩秦琪
```

2. [理解阐释] 诸葛亮在刘备三顾茅庐后才同意出山相助，这表明诸葛亮（　　）。

　　A. 故意摆架子　　　　B. 不想参与乱世纷争
　　C. 对自己的能力不自信　D. 考验刘备的诚意

3. [推断探究] 假如刘备没有坚持三顾茅庐，以下最有可能发生的一种情况是（　　）。

　　A. 刘备很快找到其他能与诸葛亮媲美的谋士，成就霸业。
　　B. 刘备继续在寻找谋士的道路上艰难摸索，势力发展缓慢。
　　C. 曹操和孙权迅速被刘备击败，汉室得以复兴。
　　D. 诸葛亮主动去投奔刘备。

4. [赏析评价] 请结合《赵子龙长坂坡救主》的内容，分析赵子龙的人物形象，并说明理由。（至少写出两点）

忠勇无畏	面对曹操的大军追击，刘备军被冲散，形势极其危急。赵云没有丝毫退缩，单枪匹马冲入敌阵，只为寻找并救出幼主阿斗。在曹军重重包围之中，他毫不畏惧，与众多曹军将领展开殊死搏斗，七进七出。

第2阶　梳理与探究

请结合第二阶段的阅读内容，分析刘备集团在这一阶段的发展特点及面临的挑战。

发展特点	面临挑战
（1）展现出坚定的信念和忠诚的品质，如关云长千里走单骑，充分体现了对刘备的忠诚不贰，这种忠诚成为刘备集团的核心凝聚力。	（1）势力弱小。与曹操、袁绍等强大势力相比，刘备集团在军事力量、领土资源等方面都处于劣势。如在官渡之战中，刘备只能作为旁观者，无法与曹操、袁绍正面抗衡。

第3阶　表达与交流

假如你是诸葛亮，在舌战群儒之后，向朋友分享这场辩论的情形，撰文来描述这场辩论的情况和你的感受。

1. 请把你想分享的内容写在下面的横线上。

_____

2. 分享结束后，引起了不少朋友的讨论。他们会说些什么？请写在相应的横线上。

鲁肃：_____

刘备：_____

关羽：_____

挑战阅读任务（三）

第1阶　阅读与鉴赏

1. [整体感知] 请你阅读《群英会蒋干中计》，按故事发展顺序给下面的情节排序。（填序号）

①曹军立水寨与周瑜窥探　②蒋干中计

③蒋干访周瑜与群英会　　④蒋干自荐劝降周瑜

⑤曹操中计斩将　　　　　⑥周瑜斩使与进攻曹军

正确顺序是：_____

2. [整合信息]《赤壁之战计中计》中，以下哪个计谋不是孙刘联军使用的？（　　）

　　A. 反间计　B. 空城计　C. 苦肉计　D. 连环计

3.［理解阐释］在《群英会蒋干中计》一回中,周瑜斩曹操来使的主要原因是（　　）

A. 曹操来使傲慢无礼。

B. 周瑜想激怒曹操。

C. 表明东吴坚决抗曹的决心。

D. 周瑜与曹操来使有私仇。

4.［推断探究］在《三江口周瑜纵火》一回中,诸葛亮安排关羽守华容道,最可能的目的是（　　）

A. 考验关羽的忠诚和义气。

B. 诸葛亮深知关羽重情义,曹操对关羽有恩,让关羽还曹操人情。

C. 从战略角度考虑,此时曹操不能死。如果曹操死了,北方会陷入混乱,孙刘联军将面临更强大的敌人。留下曹操,可以让他牵制其他势力,维持三国鼎立的局面,为孙刘联军的发展争取时间。

D. 以上都是。

5.［赏析评价］阅读《赤壁之战计中计》后,请从曹操、周瑜、庞统三人中任选一人,以"我眼中的_____"为标题,写一段不少于100字的人物评价。

我眼中的_____

第2阶　梳理与探究

联系这几回的内容，总结一下赤壁之战中孙刘联军胜利的主要原因。

_____

_____

第3阶　表达与交流

《诸葛亮草船借箭》这一回充分展现了诸葛亮的智慧。请你结合文本内容，分析诸葛亮在"草船借箭"过程中体现出了哪些过人之处？并谈谈这些品质对你有怎样的启示。要求内容具体，条理清晰，不少于150字。

诸葛亮的过人之处：_____

_____

启示：_____

_____

挑战阅读任务（四）

第1阶　阅读与鉴赏

1. [整体感知] 在《失荆州败走麦城》一回中，关羽在得知荆州失陷后，采取了一系列行动，其中不包括以下哪一项？（　　）

A. 差人往成都求救　　B. 引兵取荆州

C. 投降东吴　　　　　D. 派廖化往上庸求救

2. [整合信息] 在《三国演义》中，曹操在不同阶段的称谓发生了变化，请你找一找，填一填。

☐ → ☐ → ☐ → ☐

我认为称谓发生变化的原因是：_____。

3. [理解阐释] 在《天下奸雄终陨落》一回中，曹操要杀死华佗的主要原因是（　　）

A. 华佗医术不精，曹操对其治疗方案不满。

B. 曹操认为华佗与关羽交情好，想趁机报仇。

C. 曹操觉得华佗的治疗方法过于危险，不可信。

D. 曹操生性多疑，担心华佗借机害他。

4. [赏析评价] 假如你是东吴的一名士兵，在彝陵之战后，你要对陆逊进行点评，要求语言简洁，能突出陆逊的主要优点和功绩，100字左右。

_____

_____

_____

第2阶　梳理与探究

在这些回目中，关羽、刘备、诸葛亮等人以不同的方式展现了忠义的品质，为后世树立了忠诚、勇敢、坚守信念的榜样。请你回顾这几回的内容，照样子梳理一下三位人物身上的忠义表现。

人物	回目	忠义的具体表现
关羽	关云长刮骨疗毒	关羽不畏疼痛，一心为了能够继续为刘备效力，驰骋疆场。
关羽		
刘备		
刘备		
诸葛亮		

第3阶 表达与交流

主题：《忠义三国人物秀——我为心中的忠义代言》

要求：从关羽、刘备、诸葛亮中任选一位，用第一人称的方式，假设自己是这位人物，讲述一个体现自己忠义之举的情节，并谈谈对忠义的理解和感悟。

创作： 《＿＿＿＿＿＿》

参考答案

挑战阅读任务（一）

第1阶 阅读与鉴赏

1. 刘关张桃园结义，共谋大事；巧用奇兵解了青州之围

2. B　　3. A

4.（1）勇敢无畏。理由：面对众人都畏惧的华雄，关羽主动请缨出战，毫不畏惧。在战场上，他单枪匹马冲入敌阵，展现出非凡的勇气。

（2）自信果敢。理由：关羽在出战前立下军令状——"如不胜，请斩某头"，体现了他对自己实力的高度自信。在曹操为他斟热酒壮行时，他却斟下不饮，言"某去便来"，这份果敢令人钦佩。（任答两点，言之有理即可）

第2阶 梳理与探究

人物	外貌	性格特点	外貌描写的好处
刘备	生得身长七尺五寸，两耳垂肩，双手过膝，目能自顾其耳，面如冠玉，唇若涂脂。	有威严、气质儒雅、有亲和力。	通过对三人的外貌描写，不仅能够使读者直观地感受到他们各自的独特形象，还暗示了他们的性格特点和命运走向，为小说中他们的行为和成就奠定了基础。
关羽	身长九尺，髯长二尺；面如重枣，唇若涂脂；丹凤眼，卧蚕眉，相貌堂堂，威风凛凛。	忠诚、勇敢、刚正不阿。	
张飞	身长八尺，豹头环眼，燕颔虎须，声若巨雷，势如奔马。	豪爽、勇猛无畏。	

第3阶 表达与交流

示例：我刚觉得如鱼入大海、鸟上青霄，终于摆脱了曹操的束缚，没想到曹操竟派人追来。心中一阵惊慌，我一心想要兴复汉室，万万不能再让自己落入曹操手中。要是被抓回去，之前的努力就都白费了。我一定要坚定自己的信念，找机会逃脱。关羽、张飞在身边，我们一定要奋力抵抗，绝不能再被曹操掌控，为了我的理想，为了天下苍生，我决不能屈服。（答案不唯一，言之有理即可）

挑战阅读任务（二）

第1阶 阅读与鉴赏

1. ②途中遇廖化；④洛阳斩韩福、孟坦；⑤汜水关破卞喜阴谋；⑦滑州界首被刘延拒给船只。

2. D   3. B

4.（1）武艺高强：长坂坡之战中，赵云与曹军众多猛将交锋，却能一次次化险为夷。七进七出的壮举，展示了他精湛的武艺和卓越的战斗能力。无论是长枪的运用还是马术的精湛，都让人惊叹不已。

（2）冷静果敢：在混乱的战场上，赵云始终保持着冷静的头脑。他能够准确地判断局势，寻找最佳的时机和路线去营救阿斗。面对曹军的重重包围，他果敢地采取行动，毫不迟疑。在找到阿斗后，他又能迅速做出决策，保护阿斗安全突围。（任答两点，言之有理即可）

第2阶 梳理与探究

发展特点：（2）开始注重人才的招揽。刘备三顾茅庐请出诸葛亮，表明他认识到人才对于实现大业的重要性，这为集团的发展奠定了战略基础。(3)逐渐形成了明确的战略规划。诸葛亮的"隆中对"为刘备集团指明了发展方向，即占据荆州、益州，联孙抗曹，三分天下。

面临挑战：（2）生存环境恶劣。曹操大军不断追击，使得刘备集团居无定所，如在长坂坡一役中，刘备被冲散，陷入极大的困境。（3）内部人才匮乏。虽然有了关羽、张飞等猛将和诸葛亮这样的谋士，但整体人才队伍还不够壮大，难以支撑起实现宏大战略目标的重任。（答案不唯一，言之有理即可）

第3阶 表达与交流

1. 示例：今日在东吴，与群儒一番辩论，甚是激烈。张昭等人皆主张降曹，吾岂能坐视？以吾之口才与智慧，逐一驳斥。他们或质疑吾主之败，或笑吾主之弱，或疑吾之能，吾皆以理回应。吾深知，降曹绝非正道，吾主之大业不可废，天下苍生不可弃。经此一役，虽疲惫却也欣慰，为吾主，为苍生，吾无所畏惧。东吴之局势，亦因吾之辩而有转机，愿吾主之大业可成，天下可安。（答案不唯一，言之有理即可）

2. 鲁肃：先生今日之辩，实乃精彩绝伦，佩服佩服！

刘备：吾得孔明，如鱼得水，今日闻先生壮举，甚感欣慰。

关羽：军师之能，吾等佩服，东吴之人，当知吾等之威。（答案不唯一，言之有理即可）

挑战阅读任务（三）

第1阶 阅读与鉴赏

1. ⑥①④③②⑤
2. B　　3. C　　4. D
5. 示例：《我眼中的曹操》

在这段故事中，曹操展现出复杂多面的形象。他有雄才大略，自起义以来，誓愿扫清四海、削平天下，其志向远大。但他也有刚愎自用的一面，虽识破黄盖诈降书却又被阚泽说服，中庞统连环计而不自知。他还易怒，因刘馥指出其言语不吉便将其刺死。曹操既有霸主的霸气，又有性格上的弱点，是一个充满矛盾的人物。（答案不唯一，言之有理即可）

第2阶　梳理与探究

1.巧用计谋；2.把握时机；3.团结协作；4.领导才能。（任答三点，言之有理即可）

第3阶　表达与交流

诸葛亮的过人之处：首先，他有卓越的天文知识，能精准预测三天后有大雾，为借箭创造了条件，这体现出他的博学多才和对自然规律的深刻洞察。其次，他临危不惧，面对鲁肃的担忧，他笃定曹操在大雾中不敢出兵，展现出强大的心理素质和决断力。再者，他足智多谋，利用曹操的多疑，通过擂鼓呐喊诱使曹军放箭，成功借得十万支箭。

启示：诸葛亮的博学提醒我们要不断学习，拓宽知识面，才能在关键时刻发挥作用。他的临危不惧告诉我们在面对困难和挑战时要保持冷静，勇敢应对。而他的足智多谋则激励我们要善于思考，灵活运用各种方法解决问题。（答案不唯一，言之有理即可）

挑战阅读任务（四）

第1阶　阅读与鉴赏

1.C

2.孟德；曹孟德；曹公；魏王。

原因：随着故事的发展，曹操从一位普通的有志之士逐渐成长为掌握巨大权力的重要人物，其称谓也相应地发生了变化，称谓的变化反映了他在不同阶段的地位和影响力的变化。

3. D

4. 示例：大都督陆逊，真乃吾东吴之栋梁。彝陵之战，面对蜀军汹汹来势，大都督以书生之身，展非凡之智。坚守不出，待敌有隙，火攻破敌。挽东吴于危难，扬吾军之威名。吾等敬之佩之，愿随大都督继续为东吴效力。（答案不唯一，言之有理即可）

第2阶　梳理与探究

关羽：【失荆州败走麦城】　严词拒绝向东吴投降，即使被擒也绝不背叛刘备，最后牺牲。

刘备：【火烧连营七百里】　看重兄弟情义，为报关羽之死的仇，不惜倾尽国力与东吴一战。【刘玄德白帝城托孤】　临终将刘禅和蜀汉江山托付给诸葛亮等人，表现了对兄弟的充分信任。

诸葛亮：【汉丞相星陨五丈原】　为实现刘备遗愿，不辞辛劳，多次北伐，始终不改兴复汉室的追求。

第3阶　表达与交流

示例：《我是诸葛亮，说忠义》

吾乃诸葛亮。想当年，先主刘备三顾茅庐，其诚意深深打动吾心。自此，吾便追随先主，为其出谋划策，征战四方。先主白帝城托孤，吾深知责任之重大。为报先主知遇之恩，吾殚精竭虑，不敢有丝毫懈怠。

南征北伐，吾不辞辛劳。明知汉室复兴之路艰难重重，却从未想过放弃。吾之忠义，在于对先主之承诺，对兴复汉室之执着。吾愿以吾之才智，为蜀汉江山鞠躬尽瘁，死而后已，不负先主重托，不负天下苍生之望。（答案不唯一，言之有理即可）